RODRIGO SLAMA

PASTOR E OUTRAS HISTÓRIAS

● ● ● ● ● ● ● ● ● ● ● ● ●

NÃO RECOMENDADO PARA NEGACIONISTAS, REACIONÁRIOS E BABACAS DE MODO GERAL

Nativos do Mundo

Pastor e outras histórias

Não recomendado para negacionistas, reacionários e
babacas de modo geral

Rodrigo Slama

Nativos do Mundo

Rodrigo Slama

Pastor e outras histórias

Não recomendado para negacionistas, reacionários e babacas de
modo geral

Ilustração da capa: Ella Carello

Edição: Nativos do Mundo

_____

Slama, Rodrigo

    Pastor e outras histórias / Rodrigo Slama, 1. ed – ebook: Nativos do mundo, 2022.

ASIN: B09RQ9V1G1

_____

Sumário

A todos os que não poderão mais escrever, ler, passar raiva e rir entre nós vitimados pelo negacionismo científico e pela alienação religiosa e ideológica.

Assim são vocês: por fora parecem justos ao povo, mas por dentro estão cheios de hipocrisia e maldade.

- Mateus 23:28

Pastor – Dinossauros

– Pastor!

– Sim, meu filho.

– Eu estou com uma dúvida.

– Diga qual a sua inquietude. Deus me deu o dom da palavra e da revelação. Se for da Sua vontade, as suas dúvidas serão sanadas, Amém?

– Amém! Pastor, eu não estou entendendo algumas coisas que estão na Bíblia... que estão ou não estão.

– Como assim, irmão?

– Os dinossauros, por exemplo. Não estão na Bíblia.

– Eles não existiram.

– Não?

– Não. Se não estão na Bíblia, não existiram.

– Mas e os fósseis?

– Tudo obra do Inimigo para tirar o seu foco em Jesus, Amém?

– Amém! Mas e toda teoria evolucionista? Os cientistas discordam que o homem veio do barro.

– Também é mentira. Artimanhas do Satanás. Olha, irmão, você já viu macaco virar gente?

– Não, pastor.

– Então. Se macaco virasse gente, não teria mais macacos no mundo, Amém?

– Amém! Mas, pastor, se Deus fez apenas Adão e Eva, e se todos os seres humanos são seus filhos, por que somos tão diferentes? Asiáticos são de um jeito, africanos de outro, europeus mais ainda... deveríamos ser mais iguais, não?

– Olha, irmão, o inimigo está te fazendo questionar a obra de Deus. Apesar de sua incredulidade, eu te respondo. Você tem filhos?

– Tenho.

– Eles são iguais?

– Não, mas são bem parecidos.

– Se você largar um de seus filhos num deserto africano e outro no inverno russo, eles ficarão parecidos depois de alguns anos?

– Não, pastor. Mas você acha que o que vai viver na África e, consequentemente, ter a pele queimada vai fazer netos mais morenos que o outro que ficou na Rússia?

– Mas é claro, irmão. Por que não fariam?

– Porque...

– Olha aqui – o pastor interrompeu de súbito. – Você não dá o dízimo há dois meses, não é verdade? Por quê?

– Porque eu estou com algumas dúvidas sobre a minha fé, pastor.

– Como você quer que Deus te proteja do Diabo se você não é fiel no dízimo, irmão? Faça um propósito com Deus. Dê seu dízimo em dia... pode parcelar os atrasados no cartão... e faça uma oferta do tamanho que você deseja a sua fé. Te garanto em o nome de Jesus que você não vai mais ser atormentado pelo Pai da mentira, Amém?

— Amém.

O comedor da escola

Bombado. Notas baixas. Uma ou duas reprovações. Alto índice de ocorrência por indisciplina. O comedor da escola é um sujeito bonito por fora e fedendo a ovo cozido e batata doce por dentro. As meninas o adoram... e ele, geralmente, se aproxima das estudiosas e nem sempre é para conseguir cola.

Se fosse apenas cola... O comedor da escola já foi pego colando, já foi pego fumando, já foi pego estuprando. "Cu de bêbada não tem dono" é o lema do seu grupinho de amigos, que transcende a Constituição, mas não fere o regimento. Eles têm tempo para beber, trepar, viajar, mas não estudam... são os meninos que dormem durante as aulas, porque acordaram muito cedo para treinar, como eles chamam a ida à musculação.

Todos bebem com o comedor da escola. Todos resenham com ele. Ele vai embora bêbado das festas com o carro cheio de gente. O próprio carro que dirige aos dezessete anos sem habilitação, sem cinto, sem medo. Chega em Pirangi com a turma, continua bebendo com o som alto. Uma das meninas agora já é mulher. O arrependimento será esquecido nos próximos meses, nos próximos porres, quando passar na Federal.

O comedor da escola não vai passar na Federal, mas vai ser doutor! Já no primeiro semestre do curso de Direito no UNI-RN, consegue estágio no escritório do pai, mas quer ser juiz como a mãe. Maldita OAB! Agora, ele tem de estudar. Com dinheiro, dá-se um jeito. Já tem sala própria, tem alguns clientes importantes...

Está defendendo um rapaz de dezessete anos. Bombado. Notas Baixas. Uma ou duas reprovações. Alto índice de ocorrências por indisciplina. Uma batida com o próprio carro que dirigia sem habilitação, sem cinto e sem medo. Uma morte de um mendigo que dormia na calçada na madrugada. Causa fácil. Mais uma vitória.

O cidadão de bem

– Essa cidade tá muito perigosa!

– O país todo tá. Pega.

– Mas tá foda, pô. Esses dias meu pai foi assaltado, levaram o carro dele.

– Foi mesmo? Como ele tá?

– Tá puto... não tinha seguro e encontraram o carro batido. Pega.

– Peraí... Mas ele sofreu alguma violência física?

– Não, pô... mas é foda.

– É...

– Se o cidadão de bem andasse armado... isso não acontecia. Pega.

– Que conversa?!... Toma.

– Se meu pai tivesse armado, não teriam roubado ele.

– Como que foi o roubo?

– Ele tava entrando no carro e renderam ele.

– Por trás?

– Foi, pô... foda. Oh, pegaí.

– Mas se ele tivesse com arma na cintura do que iria adiantar?

– Se o bandido soubesse que todo mundo podia tá armado, não iria assaltar. Passa aí.

– Ou então já ia chegar atirando.

– Tu acha?... Toma.

– Tô de boa. Claro!

– Depois que inventaram esse negócio de Direitos Humanos só a gente que se ferra... bandido tá tudo solto. Apagou.

– Toma o isqueiro. Né assim, não! Direitos Humanos não defendem bandido, não... na Declaração só diz que todo mundo tem que ser julgado de acordo com as leis.

– Lei só serve pra bandido... Dá pra conversar com você não, mano!

– Pô, negão, pensa um pouco! Tu acha que andando armado você vai tá mais protegido?

– Se o bandido souber que todo mundo anda armado... não vai assaltar. Tem comida aí?

– Tem pão com mortadela lá na cozinha... pega lá.

Bate igual a macho

Estavam os três na cama. Dividiam um cigarro depois de uma rodada de sexo. A mulher de Josué estava em casa cuidando dos filhos. Depois de trabalhar duro como policial, ele precisava realizar seus fetiches. Que homem macho alfa não quer colocar em prática um ménage, não é mesmo? Mas naquele dia, particularmente, Josué estava puto. Tinha participado de uma abordagem numa casa de praia no fim de semana e filmaram o agente da lei dando um covarde tapa na cara de uma mulher enquanto a filha assistia. Motivo: um vizinho reclamou da maconha e da música alta e o policial, achando-se legislador e executor, foi proibir a mulher de fumar. Ainda mais na frente de uma criança, que absurdo!

— Eu tô puto, se eu pego aquela puta maconheira de novo, eu levo em cana. Pior, eu quero dar uns pipocos no caba que filmou e divulgou. Agora tô afastando e vou responder processo. Tudo porque a governadora sapatão é feminazi. Antes, a gente fazia tudo como sempre fez e nunca deu nada.

— Se acalma. Uma hora o povo esquece.

— É, Josu, uma hora o povo esquece e você volta pra rua.

— Olha, eu já matei gente sem precisar algumas vezes e nunca deu problema. Uns anos atrás eu matei um cara que demorou pra parar a moto. Tava só com o documento vencido, mas a vela me salvou. Daí agora, por conta de um tapa na cara de uma puta, eu sou

afastado das ruas e respondo processo? Puta que pariu!
– disse puto, se levantou, tomou um trago do whisky e
deu um tiro numa das carreiras da mesa.

– Se acalma homem, vem pra cama.

– Vem!

– Eu tô puto, puto, puto – pegou a arma em cima
da mesa, apontou para a cama, apontou para o céu,
olhou para ela e prometeu que ia matar quem soltou o
vídeo. Se matasse a governadora, ia dar merda, mas
matar o filha da puta que soltou o vídeo ele ia. E ia
arrancar os dentes da maconheira sem futuro que ainda
foi dar entrevista falando do tapa.

Ninguém se assustou com Jusué, já sabiam do
jeito dele. Era machudo mesmo, odiava maconheiro, não
gostava da governadora, era patriota, cidadão de bem.
Adorava gritar, adorava mostrar a arma, dar tiro para o
alto, contar quantos matou, em quantos bateu. Tem uma
história em que quebrou o braço de uma mulher numa
boate em que trabalhava à paisana. A pobre só não quis
ficar com ele. Jusué foi lá e quebrou o braço da boyzinha.

– Hei, chega de cheirar e vem pra cama! Tô a fim –
disse uma voz safada.

– Eu também, gostosão, vem me pegar de jeito.

– Negativo – disse o forte PM ficando de quatro. –
Pedrinho, come meu cu! Joselito, deixa esse pau duro pra
eu chupar e bate na minha cara. Mas bate igual a macho,
filha da puta!

O demônio do canavial

Oito anos, uma faca e uma vontade de chupar cana. Sem permissão, invadi o quintal do vizinho para roubar um pouco do bambu doce que seria a sobremesa de uma janta não tão agradável. Naquele escuro terreno do interior paulista, segurei meu medo e deixei a vontade de consumir algo engordativo tomar conta dos meus instintos. Sentia um pouco de medo, mas a vontade de me lambuzar de cana era maior... Nenhum mal poderia acontecer, certo? Ledo engano.

Uma criatura demoniosa sai apavorante da terra quando eu estava levantando a faca favorita da minha mãe para desferir o primeiro golpe na minha sobremesa. Quando vi aquele ser das trevas, fiquei sem ter como gritar, sem quase respirar... Pavor, muito pavor. Aquele bicho parecia um bode com rabo de cobra, chifres pontudos e uma aura maligna que me fez esquecer de mim mesmo. Estava convencido de que não iria dormir na minha cama, mas numa cama de pregos em cima de um braseiro no inferno.

As chamas do quintal do Satanás iriam consumir a minha carne magra, os meus olhos seriam arrancados pelas unhas cheias de bactérias demoníacas que me presenteariam com uma infecção terrível que tiraria toda a pele do corpo e comeria o tutano dos meus ossos sem deixar nenhum vestígio de humanidade de em meu corpo, que só teria um coração para que eu pudesse lembrar de que não poderia invadir o terreno alheio para roubar cana-de-açúcar.

Sorte que minhas pernas não entenderam o perigo e correram, correram como nunca correram e nunca correriam novamente. Naquele momento, a minha preocupação se dividia entre as pernas, o demônio do canavial e os pulmões que começavam a falhar. Eu não conseguia respirar, e ainda faltava um bom pedaço de chão para percorrer...

Cheguei, enfim, em casa com os olhos mais esbugalhados do que um japonês telescópio, agradeci a Deus em pensamento por encontrar a minha mãe lavando a louça do jantar. Lhe contei o que tinha acontecido, que vi um demônio que me levaria para morar no inferno. Apavorado, ouvi da minha mãe: – Cadê a faca? Vá já buscar, Silvo Luís!

Fake plastic dicks

Foi a pandemia.

Nunca gostei muito de computador, celular pra mim era pro básico. Pornografia então, jamais.

Mas foi a pandemia, eu juro!

Eu tinha um namorado, ficamos sem nos ver por quatro meses. No início, ah, no início foi duro, mas me acostumei. Me acostumei comigo, me acostumei com o sexo virtual, meus dedos, meus brinquedos que chegaram atrasados do Mercado Livre.

Aí todo mundo começou a relaxar. Estavam abrindo bares, estavam abrindo igrejas. Estavam, olha!... Estavam abrindo shoppings! Tu acha? Eu deveria encontrar o Maurício. Já eram cinco meses incompletos de isolamento. Eu nem sabia mais qual era o seu gosto. Nem meu gosto em sua barba, só meu gosto nos meus dedos.

Aqui em casa era foda. Meus pais, mesmo liberais, viviam em casa. E ainda tinha Vó Petra! Não, na boa, não rola. E eu sabia que queria soltar todos os gritos e gemidos sufocados pelo isolamento. Na casa dele era foda também, ele morava com o pai, bicho alcóolatra, tá ligado?, rolava não. Motel? Cê tá doido? Imagina se alguém infectado usa antes da gente. Não quero adoecer. Vovó é idosa, esqueceu?

Tá bem, tá bem. Vamos pro motel amanhã. Você passa aqui e me pega. Não, Maurício, não vou de Uber sozinha, você passa aqui no seu Uber e me pega já que seu pai bateu o carro... Não. Já disse que não vou pegar Uber sozinha pra ir pra motel. Não estou nem aí, o problema é seu.

Pernoitamos no motel. Foi uma merda. Acho que Maurício esqueceu como se trepa ou então fui eu. Ele gozou três vezes. Na terceira, durou mais de meia hora, certeza, mas não faz diferença.

A gente ainda tentou outras vezes. Eu fui enrolando também. Disse que tava com Covid, disse que tava com enjoo, disse que tava com daltonismo.... Olha, eu enrolei como podia até não poder mais.

Acabou a pandemia, mas não quero saber de ninguém, na boa. Nem homem, nem mulher. Acho que fui eu, sabe? Acho que foi a pandemia.

Sim. Foi a pandemia.

– Maria Tereza, encomenda pra você!

Já vou, mãe. Peraí, não abre o pacote!

Gorda do cabelo curto

– Fabiana, você não tá achando que essa menina tá engordando muito, não?

– Sim, mas deixa ela.

– Deixa ela nada, mulher. Gorda e com esse cabelo curto. Como vai arrumar marido?

– Irmã, ela não é criança. Ela tem suas próprias vontades.

– Pode ter quarenta anos, Fabiana, morando debaixo de seu teto, é você quem manda.

– Eu lá mando em ninguém! Ainda mais que ela tem estudo. Se formou agora.

– Adiantou alguma coisa? Cada vez mais gorda. Cada vez com o cabelo mais curto. Acho até que ela é... você sabe o quê...

– O quê, Fabiana? O que ela é?

– Faz sabão, sapatão. Mulher de cabelo curto é sempre sapatão!

– Ah, eu acho que Beatriz não é sapatão, não. Ela já namorou.

– Mas quando namorou tinha esse cabelo curto?

– Tinha não, mas...

– Então, Fabiana. Tem que ficar de olho nela.

– Você acha?

– Tenho certeza, mulher. Quando não se preocupa em agradar os homens, com certeza faz sabão, cola velcro.

– Mas eu vejo sempre ela falando de homem, conversando...

– Claro. Mulher-macho tem amigo homem, mas gosta mesmo de xibiu.

Eu ouvia minha tia e minha mãe conversando enquanto tomavam café. Eu odeio minha tia. Não sei de onde ela tirou essas coisas. Eu estou satisfeita com meu corpo, com meu cabelo. Quem tem que ficar preocupada sou eu, né?

– Fabiana, vou falar uma coisa pra você. Todo mundo de Lagoa Velha tá falando dela, viu?

– Falando o quê, pelo amor de Jesus Cristo?

– Falando o que eu tô te dizendo: que ela é sapatão e não vai casar com homem nunca.

– Tem nada a ver. Ela tem vinte e quatro anos. Tá nova ainda. Acabou de terminar a faculdade.

– Você casou com quantos anos, Fabiana?

– Com dezessete, mas...

– Então. Tu com dezessete, eu com quinze...

– Mas eram outros tempos.

– Não vem com esse papo, não. Mesmo em outro tempo a gente não engordava desse jeito e nem ficava com o cabelo curtinho desse jeito. Por isso que eu odeio universidade. As pessoas lá só sabem fumar maconha.

– Ah, não. Calma aí. Eu tenho certeza que Beatriz nunca fumou maconha.

Enquanto minha mãe e minha tia chata discutiam, eu enrolava meu beck tranquilamente, acendia outro incenso e desejava me dispersar logo daquele lugar sufocante.

Do caos ao luxo

Todo mundo que participava do reality ficou revoltado. Parte dos que assistiam também. Nada a ver alguém já famoso participar... já tinha fãs... muito injusto isso.

Vittar e toda equipe não podiam fazer nada. Não tinha uma sílaba no regulamento do programa que barrasse a participação de políticos. Não poderia ser drag famosa, mas não tinha nada que impedisse o senador de participar.

No último ano, a vida de Carlos não estava nada fácil pros seus padrões. Assumiu sua homossexualidade, foi pedido em casamento em plena praia de Copacabana pelo primo, teve de mudar de partido, de sobrenome e ainda resolveu investir no hobby de drag queen.

Começou a sentir na pele o mal que fazia à comunidade que agora, aos olhos do mundo, pertencia. Dizem que só teve essa coragem depois que o pai foi preso. Vai saber? O fato é que Carlos, senador da República em seu primeiro mandato, estava enfrentando uma onda de preconceito. Tentou se apoiar na comunidade LGBTQIA+, mas havia certa resistência, compreensível, claro, em aceitá-lo.

Politicamente, tinha sido expulso do partido porque começou a defender pautas ditas esquerdistas, apesar de não ter mudado seu ponto de vista em relação à economia. Ou seja?...

Depois de muita polêmica, o segundo ano do programa de revelação de novas drags apresentado e produzido por Pabllo Vittar tinha em suas constelações um senador. O júri técnico se comprometeu a não se deixar influenciar nem pelo passado e nem pelo poder político do concorrente, mas parte dos votos vinham do grande público, e ninguém sabia como estava a popularidade de Carlos depois da mudança radical em sua vida, depois da assunção da sua sexualidade.

Na capa da Caras e nas postagens de grandes influenciadores digitais, um casamento glamouroso entre dois primos. Muita gente questionou, mas eles não teriam filhos biológicos, por que o problema moral? Pior foi nem isso, rolou um abaixo-assinado da galera do revólver para tirar o mandato do cara. Votamos num homem!, diziam. Por um momento, o pobre Carlos ficou num limbo, mas agora estava confiante... tanto que iria encenar o seu número mais performático nas eliminatórias do reality.

Enfim, depois de toda polêmica, sobe no palco o Carlos; luxo o define. Uma montagem não só digna da classificação, mas digna do próprio prêmio, um ou outro ousou comentar negativamente seu figurino, mas era inveja. Nem parecia que fazia menos de um ano que o seu hobby estava sendo desenvolvido. Audiência recorde, as inúmeras hashtags de cancelamento que pipocavam sem parar não fizeram efeito algum... a mais compartilhada vinha com erro de português. Como milhares não perceberam?

Vittar não faz suspense. Assim que começa o programa, ao vivo, anuncia o participante mais esperado. As luzes se apagam por um momento e reacendem em explosão de azul e dourado. Se abria ao mundo, misterioso pavão.

Palavrão e Boca Suja

Eles nasceram em Goiânia, como toda dupla sertaneja tem que nascer, mas, ao contrário das demais, eles não plantavam tomate, nem tinham que comer ovo cru, muito menos eram filhos de ricos fazendeiros ou garimpeiros ou formados em odontologia ou algo do gênero.

Mirosrio e Durvalindo eram filhos de Francisca Joana, dona do cabaré mais famoso da grande Goiás, o Rola Rouge. Os dois cresceram em meio às putas, entre os bêbados e os errantes, aprenderam tudo que sabem naquele ambiente. A primeira palavra que Mirosrio aprendeu foi xoxota, ao passo que Durvalindo aprendia que chupeta não era um bico de borracha em formato de mamilo que serve para enganar o bucho dos bebês.

Durvalindo ganhou um violão da mãe ao fazer cinco anos de idade, um dia depois do aniversário de seis anos de Mirosrio, que ganhara uma sanfona velha e desafinada. Eles passavam o dia inteiro tentando aprender a tocar os tais instrumentos, além de passar o tempo entre um acorde e outro ouvindo as canções sertanejas mais famosas das rádios do centro-oeste.

O tempo passou, os meninos aprenderam a cantar e a tocar. Eles ficaram tão bons, lá pelos seus quinze e dezesseis anos, que resolveram compor as próprias músicas, e como não tinham um grande conhecimento enciclopédico e rico vocabulário, compunham baseados em acontecimentos do puteiro da mãe e com o palavreado apropriado.

Rapariga quero comer teu cu,
Mas não quero pagar mais por isso,
Pega logo o sabonete,
Pra amaciar a entrada do roliço.

Meu pau tá doido pra te comer,
Garçom: chega de trazer cerveja,
Essa quenga já bebeu vinte e um,
E mesmo melada não quer me dar o cu.

Ô rapariga, tá de putaria?
Te dou mais dez se você me chupar,
Boca macia e gostosa sem dentes,
Mas no seu cu é onde quero gozar.

Meu pau tá doido pra comer você,
Vamo subir, eu quero te foder,
Comer seu cu é meu desejo agora...
Me chupa logo ou meu pau "istora".

A primeira vez que os meninos cantaram essa música, *Desejo de cu*, foram mais que aplaudidos no Rola Rouge. Os frequentadores do estabelecimento gostaram tanto que os rapazes tiveram que tocar a mesma música a noite inteira... apenas as moças da casa não gostaram, pois isso aguçou a criatividade dos fregueses...

E foi assim que surgiu a primeira canção do *Palavrão e Boca Suja*, a dupla sertaneja mais odiada e amada de toda história da música regional de Goiás.

Pastor 02 – Deus não gosta de gays

– Pastor.

– Sim, meu filho.

– Eu estou com uma dúvida.

– Novamente, irmão?! Vejo que o inimigo está implantando a inquietude no seu coração. Se o seu coração não tem Deus, o Diabo toma conta, Amém?

– Amém. Pastor, é justamente sobre o coração que eu gostaria de falar.

– Pode falar, irmão! Deus me deu o dom da palavra, encontrarei a palavra certa para lhe confortar, Amém?

– Amém. Pastor, é que eu estou com dúvidas sobre a minha orientação sexual.

– Como assim, irmão?

– Faz um tempo que eu tenho desejos por homens. Já estou no terceiro casamento e não consigo gostar de nenhuma.

– Isso é coisa do Satanás! Isso é coisa daquele que quer lhe arrastar da igreja para te jogar numa sauna cheia de veados. O Inimigo quer que você gaste todo seu dinheiro com perfumes, roupas de marca... ele está implantando esses desejos no seu coração para você ter cada vez menos dinheiro para o dízimo, para as oferta e para os propósito. Deus não gosta de gays, Amém?

– Amém. Mas, pastor, eu estou dando quase todo meu dinheiro em propósitos para esses meus desejos pararem... Eu andei lendo a Bíblia e não vi Jesus condenando em momento nenhum a homossexualidade.

— Mas você não pode confiar só no que sai da boca de Jesus de acordo com os evangelhos. Em Levítico 18:22, Jesus fala "Não se deite com um homem como quem se deita com uma mulher; é repugnante", Amém?

— Amém. Mas, pastor, este livro não foi escrito por Moisés... muitos e muitos séculos antes de Jesus?

— Está vendo, irmão, como o Diabo está te cegando? Antes mesmo de Jesus nascer ele já era Deus... e ele quem falava com Moisés. Amém?

— Amém.

— Olha só... Você precisa deixar de frequentar festas. Você vai ficar em casa nos finais de semana lendo os livros que o bispo escreveu. Amém?

— Amém. Mas, pastor, não é melhor eu ler a Bíblia?

— Não, amado. Leia os livros do bispo que ele já leu a Bíblia e deixou mais fácil de entendê-la. Pra entender a Bíblia, você precisa estar cheio do Espiro Santo, caso contrário, o inimigo te encherá de dúvidas. Amém!

— Amém, pastor!

Ciências

Manhã triste de segunda-feira, como toda manhã de segunda-feira. Ele se preparava para lavar a louça suja do café que tomara sozinho. Desde menino era sozinho, como um peixe beta numa caixa d'água na laje de uma casa na comunidade do Morro dos Macacos.

Tadeu, nome que ele detestava, estava para se formar em Física pela Universidade Federal do Rio de Janeiro. Ele passava a maior parte do tempo estudando o Tempo, as nuvens... Diziam que ele vivia na Lua, no mundo da Lua. Mas a capacidade fofocante do povo não ultrapassava a barreira da inteligência.

Tadeu, mais conhecido como Ciências, mas não me perguntem o porquê, saía pouco com seus poucos amigos que lhe sobraram da infância isolada e vazia: Ana Julieta; Marcos, de Varginha; e Moreira, filho do professor de Ciências da terceira série. Uma vez por ano, no Réveillon, ele se auto-obrigava a fazer parte da sociedade normal, a largar os livros de lado – por mais que isso fosse difícil –, tomar um gole de sidra barata e mergulhar no mar escuro para sentir um pouco do gosto do sal da boca. Ele era o único que não pulava sete ou nove ondas.

Ciências cresceu sem brincar de bola e piques. Ele, ao invés de jogar vôlei como os outros meninos, ficava calculando os trajetos da bola, sabia pela força com que ela era rebatida se iria ou não tocar o chão do adversário. – Se eu jogasse esse jogo só faria pontos, meu time ganharia sempre – dizia ele a si mesmo enquanto olhava os outros a jogar.

Hoje não mudou muito. Tem a teoria toda na cabeça. Sabe tudo que precisa saber para ser feliz, se divertir, viver. Agora é sexta-feira. Todo mundo foi para a Lapa, até o seu orientador. Mas hoje não ficaria nos livros, não. Iria ver um seriado de ficção científica para colocar defeito em tudo. Grande Ciências! Não incomoda ninguém além de si mesmo.

Pingo de gente

Era uma pequena creche num bairro nobre. A cada ano, as pessoas tinham menos filhos e, consequentemente, diminuía o número de alunos. Sem falar, também, que algumas escolas grandes estavam começando a oferecer vagas em período integral para bebês a partir de quatro meses; uma forma de fidelizar a clientela, pois o aluno sairia de lá direto para a universidade, se passasse, claro.

A dona não queria ver o negócio começado pela sua mãe falir. Já havia demitido funcionários, vendido o terreno ao lado que servia de estacionamento, mas as contas não fechavam. Não tinha jeito: ou as pessoas começavam a fazer filho, ou, em pouco tempo, a sua creche iria falir. Ela deveria bolar um plano, fazer alguma coisa... não dava para competir com as grandes escolas, mas dava para tentar fazer com que as pessoas tivessem, por bem ou mal, mais bebês.

A primeira coisa que pensou foi aumentar a quantidade de sexo entre os moradores da região. Descobriu um produto na internet que fazia as mulheres terem um tesão louco. Pensava que os homens não resistiriam às mulheres enlouquecidas. Foi a muitos lugares em que as mulheres frequentavam e pingou o produto nas suas bebidas preferidas... Ficou dias nessa missão. Infelizmente, para os seus planos, não deu certo. Os motéis ficaram lotados, a cidade andava mais alegre, leve, mas as mulheres já tinham a cultura dos anticoncepcionais e os homens eram acostumados a andar com camisinhas.

Claro. Não pode haver procriação com o uso de contraceptivos. Mais uma vez, na calada da noite, Carolina foi sozinha pela cidade para roubar todos os anticoncepcionais e preservativos das farmácias e postos de saúde, mas logo as pessoas resolveram o problema. Começaram a encomendar nas farmácias das cidades vizinhas, receberem por correios, etc. Era inviável recolher todo aquele material; além disso, ela tinha um problema: onde colocaria o roubo de semanas? Ela devia criar um novo método.

O fracasso em conseguir fazer com que bebês novos fossem gerados, fez a nossa heroína da família tradicional pensar em algo infalível desta vez. Ela ia partir para a ignorância. Contratou uns capangas e começou a sequestrar homens e mulheres da região. Eles eram trancafiados na fazenda de sua família, em um ambiente muito confortável, com vinho, flores e velas decorativas. Carolina pingava o tal produto no vinho e mantinha as vítimas por algum tempo na fazenda até que um possível efeito do anticoncepcional terminasse. Batata!

Em nove meses, os hospitais da cidade estavam lotados. Em mais seis meses, já não havia vaga nas escolas grandes para que os novos bebês fossem matriculados. Já não era sem tempo! A creche *Pingo de gente* estava, novamente, com sua lotação máxima e rejeitando novos bebês. Todos saíram ganhando com o pano infalível de Carolina, que só foi vencida por um ou outro DIU.

Crente que é gente

Carla era uma mulher sem muito amor. Era mãe de dois filhos já na faculdade, mas que moravam com ela. Era filha de pais aposentados que moravam no interior, mas que se falavam todo dia pelo telefone. A protagonista desta curta história era casada há vinte e um anos, e, durante muito tempo, o seu sonho foi estudar e trabalhar, mas tinha que cuidar da casa, cuidar dos filhos, cuidar do marido e das coisas da igreja.

Enfim, para a sua felicidade, Carla conseguiu, depois da maturidade, entrar numa faculdade. Ela escolheu uma profissão de status, que lhe conferiria o respeito que ninguém, nem marido nem filho algum, já a haviam dispensado. Catou seus documentos e conseguiu um financiamento federal para estudar Direito numa decente universidade da cidade. Ah... ela estava tão feliz... agora, como a sua irmã, que era médica formada na Universidade Federal, ela teria algum valor... Direito era um curso muito belo... poderia, além do diploma, lhe conferir dignidade, como se só quem tivesse um título emoldurado na parede tivesse o direito inalienável, como anos atrás, de ter dignidade neste país. Carla seria Doutora, com D bem maiúsculo.

Foi uma luta terminar o curso... no início, teve que se virar para pegar o material, entender os livros e ainda pagar pelos trabalhos e provas que não conseguia fazer... Afinal, não é uma, duas ou dezoito disciplinas que não se acompanha bem que farão um estudante universitário sair com menos bagagem, não é mesmo? E assim ela foi... fez os estágios, colou o grau... o marido, nestes cinco anos, havia sido promovido então eles já vinham pagando o FIES para não deixar tudo para depois...

O problema, caro ser humano que lê, é que quando você paga para fazerem seus trabalhos, quando você paga para fazerem seus resumos, quando você paga para fazerem fichamentos, paga para só te darem a parte pronta num seminário ou mesmo paga para fazer uma prova em dupla, você acaba saindo da universidade do mesmo jeito que entrou. Agora, Carla era uma Doutora, com dêzão, mas não conseguia passar no exame da OAB e, consequentemente, exercer a sua profissão. Tinha um diploma na parede. Tinha apenas um diploma na parede. O problema, sabe?, não é nem a falta da carteira da ordem ou o fato dela ter pago pelos trabalhos, enfim... O problema todo é a sua arrogância... a sua prepotência. Parece que, mesmo não tendo entrado de verdade no mundo do Direito, a empáfia que alguns profissionais carregam a acompanha. Por isso, ela arruma briga com o padeiro, com o porteiro, com o professor dos seus filhos... Se um dia você cruzar com ela, não ouse falar em leis, direitos ou constituição em sua frente ou pelas costas, ou você será vítima – sim, vítima – de um discurso armado, pronto, no esqueleto, faltando apenas a cereja, a contextualização temporal e local para que ela tente passar por cima de você...

Sim... como não conseguiu muita coisa em na vida, agora, a sua alegria é passar por cima do ego alheio, da moral, da verdade... tudo que estiver acompanhando o seu opositor – todos que não concordam com ela são seus inimigos – será alvo de seus argumentos ancorados no senso comum com algumas palavras-chave prontas, um conjunto de construções em stand-by aguardando o momento oportuno.

Quando consegue, raramente, passar por cima de alguém menos instruído, Carla se sente mais gente, mais ser humano, mais advogada formada... o seu marido, pobre coitado, nem entra mais na onda de sua esposa. Ele também participa de sua igreja que prega o amor eterno entre os casais, o "felizes para sempre"... e acha que é uma provação o que ele passa... como se o seu deus quisesse que ele sofresse tanto vendo a mulher pregar e ler uma coisa nos púlpitos da igreja e fazer absolutamente o contrário em sua vida real.

É, meu amigo ou amiga, eu me preocupo muito com este tipo de pessoa que quer se tratorar através das outras... estes parasitas que têm seu ego inflado quando suprimem, da forma mais baixa e mesquinha, o direito dos outros. Quando encontro com Carla, eu finjo que ela ou eu somos um personagem... e tento não levar para o lado pessoal as asneiras que diz. Para mim, agir desta forma é algo que vai contra o que eu sigo, o que eu prego, o que eu vejo e acredito. Eu creio que o mundo precisa de mais humanidade e menos arrogância. Carla, por sua vez, é crente que é gente.

O dia que mataram Bolsonaro

Mês de junho. O Nordeste comemorando seus santos, o Sudeste vindo para o Nordeste curtir as praias. Meio do ano. Todo mundo merece descanso, todo mundo precisa descansar. Eu bebia cerveja e dançava quadrilhas – não ao mesmo tempo, não sempre, quer dizer. Comia milho e cheirava cangotes nas festas. Tudo seguia e a gente seguia também, sem muita escolha, sem ter muito o que fazer além de reclamar em páginas de redes sociais para os nossos próprios amigos, semidesconhecidos e poucos desconhecidos que a gente mal sabe quem são, além de vomitar uma nota de repúdio a cada cerveja vazia na mesa.

– Mataram Bolsonaro! – gritou um aluno quase no fundo da sala e todo mundo começou a falar. Pensei em brigar com o guri que estava mexendo no celular na minha aula e inventando história, mas por que alguém iria inventar que mataram o presidente?

– Como é? – inquiri.

– Professor, acabaram de mandar aqui. Mataram o Bolsonaro!

Saquei meu celular. Todos os grupos em polvorosa. Um monte de gente comemorando, poucos lamentando, mas, sim, tinham matado o presidente.

Não consegui mais dar aula naquela quarta-feira. Ninguém mais conseguiu se concentrar no meu texto sobre as Matas ciliares.

Saí para a sala dos professores. Boa parte das turmas estava saindo, mesmo faltando ainda mais de quinze minutos para o fim daquela aula.

– Dessa vez acertaram! – alguém gritou da cantina. Na hora, não entendi. Sabia que tinha sido uma facada, mas ainda estava meio perplexo com aquilo tudo. Não sei você, mas eu, particularmente, demoro um pouco para processar certas informações... sobretudo porque, infelizmente, fico tentando achar brechas que não foram ditas, possibilidades, outras narrativas, enfim... eu ainda estava meio perplexo.

Era uma quarta-feira. Era junho. Tinha gente com toras e galhos de madeira em frente às casas. Era interior... o dia todo era gente soltando bomba, fogos... fossem vinte anos atrás, teria balões, mas hoje não pode mais.

Aquele dia não teve mais aula. Era impossível manter os meninos quietos. Na TV, só se falava nisso. Muita gente preocupada com o que aconteceu, outras pessoas, em menor número, apenas preocupadas. Preocupadas com o quê? Nunca, no Brasil, alguém tinha matado um presidente. – E Tancredo? – Não, desse jeito não. Tancredo não conta. – E agora?

– Olha, rapaz, não sei. Uma parte de mim está feliz, outra está muito preocupada.

– Preocupada uma porra!

– Não sei.

– Bora beber!

– Beber?

– Beber, bora?

– Bora.

Um pênis de duas cabeças

Toda noite eu acordo com sua mão no meu pênis. Isso está virando um pesadelo. Eu não aguento mais ver o meu próprio corpo ser violado dessa maneira. Não queria ser tocado desse jeito, não queria ser estimulado por ele, seu juiz...

Toda noite é a mesma agonia. Eu demoro a dormir... tento dormir depois dele, mas ele sempre dá um jeito de acordar e me masturbar enquanto eu durmo. Ele diz que o meu pênis é dele, que ele tem direito sobre o meu corpo. Mas isso é um absurdo! Eu não aguento mais e, por isso, procurei a Justiça. – O outro ouvia tudo aquilo calado.

E parece que tudo piorou. Durante o banho, com a desculpa de limpar, ele aproveita e me toca daquele jeito imundo. Eu reclamo, ele para, mas volta. E ainda vê pornografia na minha frente... eu nunca gostei disso, seu juiz, mas ele sempre foi tarado!

***

No julgamento, o juiz analisa o caso dos irmãos siameses que dividem o mesmo pau.

A gangue do nono ano

Era uma gangue de uma escola particular da capital. Todos do último ano do Ensino Fundamental. Eles têm o costume de usar seus iPhones de última geração para gravar toda a diversão. Planejavam tudo com certa antecedência. Mateus, o mais velho do grupo, repetente da terceira e quintas séries, trazia o carro do pai para levar a galera até a periferia nas quintas-feiras. Eles eram dispensados das aulas de Educação Física por participar de esportes na escola ou, simplesmente, por malharem numa academia cara e da moda.

Conhecida nos jornais como A gangue do nono ano, os cinco amigos, três meninas e dois meninos, caçavam mendigos pela cidade. Seu prazer, matá-los por asfixia. Usavam sempre o mesmo instrumento: o travesseiro colorido de Maria Eduarda. Ela gostava de dormir com ele... se sentia poderosa. Se sua mãe soubesse o que ela era capaz de fazer, jamais questionaria a sua falta de interesse nos estudos.

Como um milagre para a alta sociedade, os homens e mulheres que enfeiavam os mais caros metros quadrados da cidade tinham se tornado a preocupação de algum justiceiro. Bastava que o ITEP recolhesse os corpos durante as manhãs de sexta-feira que tudo estava resolvido. As câmeras de segurança supermodernas dos prédios de classe média alta nunca captavam os culpados. Por que será?

Em três meses, dez mendigos tinham sido mortos. Os adolescentes variavam o lugar do crime para que não houvesse um padrão, mas havia, claro. O que o delegado não conseguiu entender foi o fato de preferirem uma morte tão cruel e perigosa – eles sabiam que usavam um travesseiro ou almofada para sufocar as vítimas – a uma morte mais rápida, que não oferecesse risco ao assassino. Era obvio, um crime motivado pelo ódio com toques de psicopatia.

Descoberta a arma do crime e que seria um adolescente, talvez pela força empregada ou pelos poucos que se arriscavam a falar sobre o assunto, o delegado responsável pelas investigações traçou uma estratégia secreta para pegar em flagrante o criminoso cruel. Um policial civil se fingiria de mendigo. Ronaldo se ofereceu prontamente para o papel, não gostava mesmo de banho e há muito já tinha desistido de fazer barba e cabelo. E na última quinta-feira antes do recesso escolar, Maria Eduardo estava com sangue nos olhos e ódio no coração por ter de ficar duas semanas sem limpar o mundo.

Assim que as aulas voltaram, Dudinha e os demais organizaram o novo ataque. Nestes dias de férias, o policial disfarçado já tinha se instalado em uma famosa rua da cidade, conhecida por ter lojas de marca e pelos preços altos. Vinicius já tinha passado por ali e visto o novo mendigo, tão atrevido que tinha celular e vivia conversando pelo telefone. Ele seria a próxima vítima.

Na terceira quinta-feira de julho, assim que voltaram das férias, Mateus veio com o carro do pai como sempre. Os cinco assassinos entraram no carro e partiram em direção à caçada. Tiveram de esperar um pouco, pois o novo alvo não estava dormindo. Como estratégia, antes da aula, Mateus levava uma garrafa de cachaça e deixava próximo ao local onde os moradores de rua dormiam. A bebida, muitas vezes, é a única companheira daquela vida de solidão que estas pessoas levam, e os ajudava a dormir para enfrentar a sua morte sem tanta resistência.

Enfim, o mendigo chegou. Quase na hora de já ter de voltar para casa. Teriam de dar a desculpa do trânsito de novo. Mateus permaneceu no carro. Vinicius, como era grandão, dava cobertura de um lado da calçada. Enquanto as três meninas se dirigiam ao alvo. Assim que elas se aproximaram e colocaram o travesseiro no rosto do policial disfarçado, Ronaldo algemou a mão de Maria Eduarda enquanto os demais policiais davam ordem de prisão aos criminosos covardes.

Na TV, A gangue do nono ano era apresentada à população com rostos e vozes desfiguradas pela edição. Quatro adolescentes, um menino e três meninas. Vinicius também foi preso, mas era filho de um deputado estadual e a policial acatou a desculpa de que ele apenas estava passando por ali, por coincidência, naquele horário.

Inferno

– Seja muito bem-vindo, Irmão Roberto!

– Quem é você? Onde estou?

– Tenho muitos nomes, mas você pode me chamar de Satã.

– Como assim? Estou no inferno?

– Não... imagina. Aqui é o paraíso!

– Sério?

– Claro que não, otário! Eu estou mentindo. Não é você mesmo que passou anos me chamando de Pai da Mentira?

– Por que eu vim parar no inferno?

– Ora! Você pecou.

– Mas eu me arrependi.

– Mesmo?

– Claro! Aceitei Jesus há vinte e três anos.

– Isso não quer dizer que você se arrependeu. É até pior, Irmão Roberto, porque você se confiou nisso e não fez nada pelo próximo, não deixou de fazer muitas coisas contra si e contra os outros.

– Como assim! Sou dizimista, dei muita oferta!

– HAHAHAHAHAHA...

– Fiquei vinte e três anos sem beber e fumar... Minhas filhas não usavam roupas curtas, não namoraram antes da hora. A minha mulher foi uma serva também.

– Justamente contra sua família que você mais pecou. Quantas vezes suas filhas quiseram ir à praia ou a uma festa e você proibiu?

– Claro! Elas iriam se desviar.

– E a sua mulher? Coitada. Não podia trabalhar fora, você a impediu de manter as amizades que não eram da igreja... ela não podia sair sem você, mesmo você sendo um crápula antissocial... Nem visitar a família no interior você a deixava!

– Uma serva de Deus, esposa de presbítero, deve dar o exemplo!

– E você?

– Sempre dei o exemplo.

– A pornografia que você assistia o tempo todo não era um vício? Os julgamentos que você fazia não iam de encontro ao que seu Cristo pregava? A falta de carinho à família, fazer suas filhas passarem vergonha com os amigos, negar um juntar num bom restaurante à sua esposa no aniversário de casamento para garantir o dinheiro da igreja não era pecado?

– Não. Era para honrar meus propósitos com Deus.

– Seus propósitos! Você se alegrava com a morte de bandidos, queria que os menores infratores fossem exterminados. Você queria que os ateus, espíritas e católicos sofressem até largarem as suas crenças e aderissem à sua igreja.

– Esta é a vontade de Deus!

– Você nunca ajudou uma pessoa que precisasse...

– Dar esmolas é sustentar a vagabundagem!

– Quem está falando de esmolas? Como alguém que ocupa um cargo religioso, você só agrediu, só menosprezou os outros, só fez as pessoas ao seu redor se sentirem menores diante de suas qualidades...

– Mas...

– Está vendo? Por isso você está aqui... aqui é o seu lugar!

– Deus não faria isso comigo! Você está mentindo!

– Você acha que Deus, que tem o universo inteiro para cuidar, está preocupado com você, um simples homem da Terra? Fique à vontade e aproveite o lago de fogo e enxofre.

– Espere!

– O que foi?

– O que são aquelas pessoas de branco resgatando os enfermos?

– Ah... são os espíritas.

– Então o inferno não é eterno... tem uma saída?

– Não pra você.

– Como assim?

– Você sempre acreditou que o inferno e o paraíso eram eternos. Então, pra você eles são.

– Como assim?

– Agh, quanta burrice! Olha, quando você morre, o seu espírito tem o destino que você acreditava que teria quando estava encarnado. Os ateus, por exemplo, não vêm pra cá e nem para o céu, o seu espírito desaparece.

– Não acredito! Eu também quero ser resgatado, eu quero sair daqui!

– Você não acredita nisso.

– Se a questão é a crença, acreditei que iria para o céu.

– Mas você cometeu pecados.

– Quem vai para o céu não cometeu pecados?

– Claro! Todos que foram para o céu cometeram pecados, mas eles não acreditavam que viriam para cá por causa disso.

– Isto é injusto!

– HAHAHAHAHA... Vai me falar sobre injustiça? Não fui eu que criei as regras.

– Meu Deus! Por favor, senhor Satã, me deixe sair daqui.

– Não posso.

– Mas...

– Preciso ir. Aproveite o lago.

O ator da Globo

– Rapaz, vou te contar...Todo ator da Globo é veado.

– Que onda... impossível todos serem veados.

– Mas são... todos são. Todo ator e diretor da Globo é veado.

– O Tony Ramos não é veado.

– É sim.

– Ouxe!

– Eu estou dizendo... é tudo veado na Globo.

– E o Lima Duarte, o Marcos Pasquim, o Rodrigo Lombardi?

– Cara, lá é tudo veado. Só consegue papel na novela os que que dão o caneco para os diretores... todo diretor lá é veado... estou falando.

– O Marcos Paulo era veado?

– Está de sacanagem? Claro!

– Não acredito, não.

– Olha, lá é tudo panela. Tem panela pra tudo. Reparou que há um ciclo de atores? Que as novelas têm o mesmo grupo de atores?

– Sei, mas...

– Então. Quem decide é o diretor, que come os atores.

– E as mulheres?

– Elas são do grupo do pó!

– Como assim?

– Eles se reúnem para cheirar pó. Na Globo, todo mundo é viciado em pó.

– Impossível!

– Estou dizendo... Eles fazem festas nas casas dos diretores... elas cheiram e trepam...

– Se os diretores são veados, como comem as mulheres?

– Agora, pronto! Só porque o cara é veado ele não pode comer mulher?

– Pode...

– Então!

– Esta história está mal contada. É estatisticamente impossível todos serem veados e viciados em pó.

– Mas são. Estou dizendo. Todo mundo que trabalha na Globo é veado.

– E como você sabe disso?

– Fiz novela na Globo por dois anos.

Pastor 03 - Jucunataque

– Pastor!

– Você novamente, irmão? O que foi desta vez?

– É que eu estive pesando...

– É justamente este o seu problema, meu amado! Você pensa demais... deixa as porta de sua mente aberta para o Inimigo lhe colocar dúvidas sobre a sua fé! Amém?

– Amém. Mas, pastor, eu oro, faço jejum, contribuo com os dízimos e ofertas, compro todos os livros da igreja... invisto muito dinheiro na Obra do Senhor e não me sinto pleno!

– Meu irmão, esta sua inquietude só quer dizer uma coisa!

– O quê?

– Você precisa participar mais da Obra do Senhor! Amém?

– Amém. Mas como, pastor?

– Você precisa, além de dinheiro, dar o seu tempo para Deus. Por exemplo, o seu dia tem vinte e quatro horas, certo?

– Certo.

– Você dá duas hora e quarenta minutos para Deus?

– Não, pastor... certamente, não!

– Então! Você precisar ser obreiro em nossa igreja! Tenho certeza que o seu coração se encherá de Jesus e você não pensará mais em nada que lhe tire o foco em Cristo. Amém?

– Amém.

– A partir de amanhã, você pode sair do seu trabalho e vir direto para a igreja. Você vai começar pela provação da faxina. Amém?

– Amém...

– E todo final de semana você vai passar aqui!

– Mas e quando eu vou me divertir?

– Amado, você se divertirá aqui na igreja mesmo! O Senhor habitará o seu coração e lhe dará a alegria de Davi.

***

Numa reunião com os obreiros...

– Olha aqui! Quero saber quem foi o safado que pegou a grana dos dízimo e ofertas do culto de ontem à noite! Está faltando muita coisa! Quem era o maldito responsável pelo apurado de ontem?

– Era eu, pastor! Eu dei parte do dinheiro para uma irmã que passava necessidades... ela me disse que estava sem poder comprar alimentos...

– Maldito dos infernos! Como você, seu cretino, ousa tocar as mãos pecaminosa no meu dinheiro!

– Achei que o dinheiro fosse para obra de Deus!

– E é! E não tem nada que dar para as pessoas! Elas que têm que nos pagar! Maldito seja você! Nunca mais pise na minha igreja! Eu te amaldiçoo, *ialamá baloquenchë, jucunataque!*

Macaco é uma porra

Era mentira aquilo tudo do Instagram e da escola. Nunca vira estrela, era poeira da redoma, certeza. Apois, apostou na terraplanice militante. Globolóides que se cuidem, a farsa vai acabar! Em palavras de ódio, odiava a mentira.

Um religioso da ciência desacreditada. Entregava-se ao duro sacerdócio sem esperar dinheiro, mas apenas pela verdade. Nisso, era mais nobre que clérigos de multirreligiões. Seu canal bombava, suas redes eram supermovimentadas, mas ele gostava mesmo era de bater de porta em porta pregando a palavra de Deus, que é a palavra da verdadeira ciência, claro. Para ser verdadeiramente de Deus, era preciso abandonar as ilusões científicas manipuladoras.

Confiando cegamente no Global Position System, vulgo GPS, rodava as cidades vizinhas para fazer pregação. Seguidores fiéis juntavam as pessoas, arrumavam cadeiras... na maioria das vezes era preciso ter microfone e caixa de som. Muita gente levava Bíblia, mas ele não lia. Sua pregação era uma pregação da ciência inspirada por Deus.

– Boa noite, pessoal. Tudo que contaram pra vocês sobre o planeta é uma mentira! A Terra não é redonda!

O povo se olhava sem entender nada. O cara que juntou o pessoal não tinha explicado. Acharam que era um culto normal, mas não era? Apesar do burburinho, o empolgado pseudocientista continuou.

– Vocês acham que viemos do macaco? – perguntou e timidamente a plateia negou com a cabeça. – Vocês acham que o universo veio de uma explosão do nada ou foi Deus quem fez?

Nessa hora, ele ganhou a atenção do público. Ninguém quer vir do macaco. Parece que vir do barro é mais interessante. Enfim... o fato é que as pessoas ali, humildes e pouco escolarizadas, cansadas de uma vida de trabalho duro, explorador e pouco recompensatório queriam acreditar que, por algum motivo, eram especiais. Era melhor acreditar que foram escolhidos pelo criador do universo, se é que ele existe, para viverem uma vida sofrida e irem para o céu, do que terem o véu arrancado e perceberem que os homens é que os mantém assim, cativos economicamente. Isso é desde os tempos das cavernas gregas. A gente, humanidade, gosta de ser iludido, gosta de alienação, né? E essa de agora ultramoderna... peraí, que preciso rir.

***

– Olha, Francisca. Eu acho que aquele cara tem razão.

– Mas, mulher, tem tanta foto, tanto vídeo.

– Eu sei, mas ele disse que é manipulado. E outra, você veio do macaco?

– Eu sei lá de onde eu vim, eu vim de Santo Antônio – disse rindo, mas logo escondeu a risada porque a piada não agradou.

– Deixa de ser besta, criatura, eu tô falando sério. Olha o sapato da gente... ele num é reto?

– Olha, de tudo que ele falou, isso é o que eu fiquei mais pensando.

– Num é?! E você veio do macaco?

– Eu sei lá, mulher, já disse. Eu acho que a gente veio de Adão e Eva mesmo.

– Claro! Deus fez a Terra pra gente, tá na Bíblia, você acredita na Bíblia ou vai ficar acreditando em macaco?

– Você cismou com macaco, Severina. Macaco é uma porra!

Carina e a hipotermia

Há quem reclame da vida à toa, há quem reclame da vida com razão.

Carina é uma jovem mimada, que nunca soube o que é trabalho pesado ou que exija muito de seu intelecto pouco desenvolvido. Seu pai é militar da reserva, o que a deixa numa situação confortável, além de não precisar gastar, nem mesmo com absorvente, um único centavo furado do seu salário estagiário de oitocentos reais, que ganha só para babar os ovos botoxicados do chefe.

Há seres humanos que nascem com algumas qualidades como: bondade, gentileza e respeito aos mais velhos, porém Carina parece não ter recebido certos cuidados da parte dos seus genitores que, através de uma péssima educação, lhe proporcionaram apenas um grande talento para espalhar inimizades e nojo naqueles que a cercam.

Carina nasceu com uma rara anomalia: ela não sente calor, mesmo no auge dos seus cento e cinquenta e sete quilos. O que desencadeou essa doença foi o desejo incontrolável que ela tinha de morar na Europa, já que sentia imenso calor na sua terra natal, Bangu, no Rio de Janeiro.

Certa vez, no setor em que trabalha, aconteceu algo estranho; o ar-condicionado deixou de funcionar. O que uma vontade incontrolável de ver as pessoas ao redor passando por uma sensação parecida com a que tinha antes de treinar seu cérebro para sentir fio até debaixo de um sol de quarenta graus não faz? Graças aos deuses, depois de um tempo, trocaram o ar da sala. Nossa! Os funcionários do setor viram brilhar uma esperança no horizonte.

A nova chefe do setor, uma mulher de coração quente, deixou bem claro que quem sentisse frio que trouxesse um casaco, já que é mais fácil se proteger do frio do que do calor, não é mesmo? Xiii... Carina perdeu as forças? Não... ela até aturava o ar frio... mas como lidar com sua incontrolável vontade de fazer o mal? Imagine: quando só ela e suas duas seguidoras da maldade estão na sala com outra pessoa que não a chefe, o ar tem que ficar desligado, já que nem o meio termo é suportável, mas quando a boa chefe está em sala é outra história... o ar fica no máximo e ela não dá um pio, ou melhor, uma cacarejada, já que, há muito, a infância se foi.

Além da hipotermia oportuna, outro sintoma da falta de caráter da menina é a incontrolável vontade de contar o início, o meio e o fim dos filmes que assiste e dos livros que não lê – pega tudo na internet –, o que faz com que seus colegas de trabalho tenham que esconder os livros e evitarem de falar sobre cinema quando a inconveniência em pessoa está dando o ar de sua desgraça.

Pois bem, leitor, leitora ou leitore – com quiser –, tome cuidado com pessoas como Carina. Elas têm uma doença crônica, carregam excesso de maldade em seus corações de pedra brita, que só guardam espaço para verter sentimentos antissociais, contra os valores da sociedade e da boa amizade. Carina ainda tem uma velha mania... anda para cima e para baixo com um vibrador de onze polegadas na bolsa – que não deve saber usar, haja vista sua amargura. Percebi o brinquedo quando, num vacilo, ela tirou, para dar umas espetadas, o boneco de vu duo com minhas características e um chumaço dos meus cabelos negros e lisos, que não sei como ela conseguiu.

O rei na cocada branca

Em toda sala de aula, seja de escola pública ou particular, sempre tem um rei sentado numa carteira. O rei das escolas estaduais é o rei da cocada preta. Este é tranquilo, um pouco marrento, mas tranquilo. O rei problemático é o rei das escolas particulares... e eu bem sei... São os reis da cocada branca: héteros, brancos, cristãos, ricos e, geralmente, homens. Um combo de toxidade.

Os reis das escolas particulares, na verdade, não são lá essas coisas... os seus pais é que são. É sobre o Ethos dos seus progenitores que os reis da cocada branca se arvoram sobre os demais... Se são burros, usam os outros para conseguir notas; se são inteligentes, usam a si mesmos para diminuir o outro. Tentam, inclusive, diminuir o professor.

Esses meninos e meninas crescem influenciados por valores completamente antagônicos aos valores que temos. Eles creem que o dinheiro é tudo, e, por tê-lo, tentam montar nos demais, mesmo que eles também o tenham, mesmo, inclusive, que tenham até mais.

Os professores, portanto, são os que mais são passíveis – em suas cabeças ocas, sobretudo as cabeças ocas dos inteligentes – de serem montados. Ora, professor é um ser fracassado... ele não conseguiu passar para Medicina, Engenharia ou Direito e, por isso, fez um curso mais fácil.

Os trabalhadores da linha de frente da educação mercenária vivem angustiados, atacados por todos os lados. Até alguns coordenadores, que foram "promovidos" da sala de aula, utilizam o seu poder para explorar e humilhar os docentes. Mas o que mais me tira a paciência é o rei da carteira. Aquele aluno que tenta, a todo custo, derrubar o professor. Ele sabe que só vai conseguir massagear seu ego com a derrubada de um mestre. O burro quer te derrubar porque é burro mesmo; o inteligente quer te derrubar porque é burro... não sabe como usar a inteligência...

– Professor, eu acho que você deveria ouvir mais os alunos.

– Claro. Pode dizer... estou ouvindo.

– Eu acho que a aula está chata.

– É mesmo?

– Sim. Você deveria animar mais a galera. Passa um filme... tem muita coisa pra gente ler... essa questão está muito difícil...

– Lucas Gabriel, é um exercício de revisão. Eu peguei do livro do fundamental, estamos no médio...

– Está vendo, professor. Você nunca ouve a gente.

Conversas de chá

Não é que eu seja careta, mas não frequento muitos bares. Não enfrentaria uma espera mortal pelo transporte público caótico do meu bairro, nem pagaria caríssimo por um taxi. Não é nem medo da Lei Seca, mas, de fato, de verdade, sem hipocrisia, eu, realmente, não acredito que é legal dirigir após beber. Nunca fiz isso, e não estou muito disposto a testar a minha perícia etílica. Enfim... esta história se passa num café.

Na mesa ao lado, duas amigas conversam. Apesar de estarem numa das cafeterias mais legais, elas pediram chá e broas. Nem sei se chá combina com broas... só tomo chá como medicamento. Claro que, além de curiar o pedido, eu atentei os ouvidos para escutar um assunto que me interessa: religião.

– Teresa, você não sabe o que aconteceu esse final de semana... Gabriel está impossível!

– O que foi? – perguntou a amiga.

– Eu disse a ele: – Vá dormir que amanhã a gente vai cedo à missa. E ele respondeu: – Mãe, eu tenho dúvidas se eu quero ser mesmo católico. – Você acredita?

– O que você falou?

– Na hora, eu tive vontade de brigar, mas eu falei: – Olha, a gente pode sentar e conversar bastante sobre isso daí, tá ok? – Isso é bem coisa do pai – disse a mulher. – Gilberto já mudou não sei quantas vezes de religião. Eu sabia que isso um dia ia acabar acontecendo, mas Gabriel só tem oito anos.

– Mulher!... – espantada, a Teresa exclamou.

– Você não fez a primeira eucaristia, Gabriel? Você não vai à missa comigo todo domingo? Você não presta atenção no que o padre fala?

– E ele disse o quê?

– Não sei, mãe. Não estou muito convicto – repetiu a mãe. – Vê se pode, Teresa. O que diabos um menino de oito anos tem na cabeça pra falar em convicção? Olha, nessas horas o padre Manoel faz falta... Ele iria saber o que fazer... agora estou enrolando pra continuar a conversa com Gabriel.

– Sim... O que aconteceu com o padre Manoel?

– Olha, o bispo não quis o padre mais na paróquia. Falou que, enquanto ele estivesse vivo, o padre não comandaria igreja nenhuma em sua região.

– E o que o padre Manoel fez?

– Mulher, ele é carioca, cheio de gírias, muito simpático. Agora, ele está numa igreja lá no Acre.

– No Acre?

– Sim... Falei com ele no Insta esses dias... Vive postando foto... Menina, postou até uma foto de suga...

– Eita, vou procurar aqui pra seguir. – Enfim... Ele disse que tinha sido perseguido pelo bispo... ele era muito divertido, as pessoas não iam mais às outras paróquias, aquela igreja sempre ficava lotada. Transferiram o padre por isso... Tudo por ciúmes.

– Vish...

Gari

Era gari. Quando entrou, não havia concurso. Agradeceu, passou a ter uma renda fixa, era funcionário público estatutário. Todo domingo, ia para a missa. Gostava de rezar. Carregava o terço de Fátima no pescoço. Não falava muito. Não pensava muito. Apenas trabalhava, recolhia lixo e rezava. Casou moço. Sua esposa não sabia ler e escrever. Era assim de pai e mãe. Ele sabia escrever e ler. Pouco, mas sabia. Durante o trabalho, não precisava disso. Precisava só usar luva, boné e as pernas. Trabalhava no caminhão. Andava pendurado por cinquenta metros e corria mais cinquenta a cada esquina. Era tanta sujeira que banho não bastava para tirar o óleo da sua pele. Ele e a mulher já estavam acostumados. Passaram anos. Ele se aposentou. Não aconteceu nada que mudasse sua vida.

O pervertido apaixonado

Ele não tinha tara por crianças, nem por negras, nem por ninfetas, nem por grávidas, lésbicas, mulheres de seios enormes, sem bunda ou fisiculturistas. O que ele gostava mesmo era de velhas ex-gordas. Sim... não podia ser ex-gorda nova, e nem somente velha... sua cobiça era peculiar, e suas vítimas eram difíceis de ser encontradas...

O motivo desta perturbação sexual os psicanalistas e os psiquiatras não conseguiram descobrir... Muito menos o pervertido sabia ao certo o motivo do gosto exótico... só tinha certeza de uma coisa: não conseguia dormir, trabalhar, assistir televisão se não possuísse uma velha ex-gorda... sem distinção de cor, beleza e mesmo higiene.

Certa vez, ele se apaixonou. Sim... um maníaco pervertido com sentimentos que ultrapassaram o desejo mundano e maligno. Afonsa despertou uma vontade não só de transar à força e sufocar com a pressão de seu falo garganta abaixo – talvez por isso gostasse de velhas, pois usam dentaduras – Não... agora ele queria passear pela rua de mãos dadas, ir ao cinema, fazer serenata, mas Afonsa tinha um problema, não era ex-gorda, e nem gorda era. Só velha mesmo.

Inicialmente, ele teve que conquistá-la. E foi muito difícil, já que ela era esposa do pastor de uma igreja tradicional. Ele mandava, todos os dias, flores e bombons, muitos bombons... Gastava todo dinheiro que roubara das outras vítimas para conquistar Afonsa, que, mesmo antes de ceder aos seus encantos, já tinha engordado uns quatro quilos, o que para ela não era muita coisa, já que era tão enxuta que desfilava com suas saboneteiras fundas para quem quisesse ver.

Passados alguns meses, eles começaram a se encontrar, mas não mantinham nenhuma relação física, pois ela era casada e irmã da igreja, e ele não gostava de sexo sem diversão. Nos encontros, num quarto alugado ao lado de uma pizzaria, eles almoçavam e assistiam ao Professor aloprado, Fat camp, Um ninja da pesada e outros filmes divertidíssimos. Durante as sessões, comiam pipoca, sorvete e outras guloseimas calóricas de todos os tipos e nacionalidades. E Afonsa engordava a olhos vistos; o pervertido fazia ginástica para não correr o risco de perder sua forma.

Três anos de relacionamento sem contato físico, espantosamente, Afonsa já tinha engordado cento e nove quilos. Seu marido, o pastor honesto, achava que era pecado aquela gula toda, e que a irmã deveria dar exemplo às demais ovelhas... E, então, acionou o caro plano de saúde e marcou a cirurgia de redução de estômago para a mãe dos seus filhos, avó dos seus netos.

Alguns meses depois, meses que passou longe do amante pervertido, pois julgava que ele gostava de gordinha, Afonsa emagreceu, como acontece com quase todo mundo que arranca o estômago para aquiescer ao padrão de beleza e, de quebra, melhorar a saúde. E como todo paciente, a esposa modelo perdeu seu peso, mas ficou com muita pele de sobra, mas antes que marcasse a plástica que lhe esticaria o couro, ela recebeu um convite, uma proposta que não poderia recusar: o seu amado pervertido lhe tinha oferecido uma noite de sexo selvagem, como ela nunca teve, mas sabia o que era pelos históricos do computador do marido.

Eles foram, no carro da igreja, para o sítio onde se realizavam os batismos e os retiros espirituais. Afonsa e o pervertido tiveram uma noite excepcional – ela foi a única que ele não possuiu à força, mas não foi a primeira que ele deixou de sufocar com seu sexo duro que jorrava, além de sêmen, sangue, pois Afonsa tinha todos os dentes ainda.

Pastor 04 – Mostarda contra o Corona Vírus

Depois da live do culto, um irmão veio procurar o pastor no grupo do WhatsApp da igreja.

Irmão: – Pastor, estou com uma dúvida.

Pastor: – Pode perguntar irmão. O senhor me deu o dom da palavra. Estou aqui para responder suas inquietude e as inquietude de todos os irmãos, amém?

Irmã Vera: Amém pastor.

Irmão Sebastião: Ame pasto

Irmã Odete: – Ameim pasto

Irmão Geraldo: – Amei pastor.

Irmão: – Amém, pastor. A minha dúvida é a seguinte: a gente deposita os cem reais e recebe um caroço de mostarda que nos protege do vírus, não é isso?

Pastor: – Amado a Bíblia fala que se a sua fé for do tamanho de um grão de mostarda, é suficiente para Deus. Amém?

Irmã Vera: Amém pastor

Irmão Sebastião: – Ame pasto

Irmã Odete: – Ameim pastou

Irmão Geraldo: – Amei pastor.

Irmão João: – Amém pasto

Irmão: – Amém. Mas acho que é melhor seguir o recomendado pelos órgãos da saúde. Ficar em casa, se higienizar, sair só para o essencial e usar máscara. Como um grão vai ajudar?

Irmão João: – Homem de poca fé

Irmã Vera: – É só pra representar, irmão.

Pastor: – Já vi, meu irmão, que as suas inquietude são obra do diábo. Do ser dass trevas!!!!

Irmã Vera: – Misericóridia.

Irmã Odete: – O NOME DE JEZUIS TEM PODE

Pastor: – Primeiro que não é um grão de mostarda que você vai receber porque é difícil achar e eu vou entregar um sachêzimho de mostarda ungida.

Irmã Odete: – AMEIN PASTO

Irmão digitando...

Pastor: – Olha irmão. Você precisa vigiar mas a sua fé. Se o seu lado espiritual tiver protegido o vírus comunista 19 se afasta. Amém?

Irmã Vera: – Amém pastor. Oh, glória.

Irmão Sebastião: – Ame pasto

Irmã Odete: – Ameim pasto nome de jezuis tem pode

Irmão Geraldo: – Amei pastor.

Irmão João: – Amém pasto

Irmão: – Pastor, com todo respeito, não acredito que um sachê de tempero vá proteger alguma coisa. Pagar cem reais em mais coisa da igreja vai me manter mais protegido do que orar todo dia? Eu jejuo uma vez por semana, faço caridade, dou oferta, dou dízimo. Além disso, estou me protegendo o melhor que posso para evitar o contágio.

Irmã Vera: – Precisamos fazer uma corrente de oração.

Irmã Odete: – temos que fazer uma sesão de descarrego mesmo ne pasto?

Irmão João: – Irmão escute o pastor,,ele sabe das coisa

Pastor removeu Irmão do grupo

Enviagrado

Estava em um bairro afastado, na Zona Sul. Não tinha problemas, iria cobrar o de costume. Iria satisfazer, mais uma vez, os desejos sexuais de alguém que, provavelmente, não lhe atrairia. Antes de chamar o moto táxi de sempre, ligou para a farmácia e pediu alguns estimulantes sexuais... estava tomando cada vez mais comprimidos para impotência.

César foi para o motel de sempre se encontrar com um cliente diferente. Tinha esperança de ser alguém que chamasse atenção, despertasse algum desejo, que fizesse curtir a experiência. Não aconteceu. O parceiro momentâneo era como ele: alto, sarado, bem bronzeado com marca de sunga, jovem. Não se atraía por tipos comerciais. E nem se atraía pelo oposto: baixo, gordo, branco, coroa. Na verdade, se atraía por um tipo bem particular: alto, pernas finas e braços fortes, tatuagens, cabelos pintados, asiático.

Antes de cumprir a sua função de especialista, tomou uma dose maior de estimulante porque o cliente era muito feio, e ele já tinha trabalhado pela manhã e parte da tarde. Terminado o serviço, cliente satisfeito, pagamento feito... só faltava uma coisa: o pinto baixar.

Quase se desesperou. Tomou banho frio, tentou pensar que a mãe estava morrendo, procurou fotos da Ana Maria Braga de topless. Nada. Continuava a todo vapor. Não sabia o que fazer. O cliente deveria voltar para casa: aniversário da esposa, jantar, sobremesa, vinho.... Não tinha jeito, César não podia esperar.

Chamou o moto táxi de sempre, estava ocupado. Não poderia pagar um táxi, muito menos voltar de ônibus. Chamou um moto táxi desconhecido.

Num primeiro momento, o piloto achou que era um assalto. Tentou recusar a corrida, mas precisava dos dez reais. Cobrou quinze sem sucesso. A cada semáforo, a cada quebra-molas, a moto empurrava o passageiro contra o trabalhador, que já quase sentava no tanque. A chuva apertava, o pneu estava meio careca. Dez reais não valiam tanto assim.

César foi abandonado no meio do caminho. Estava constrangido, molhado, humilhado e sem saber como voltaria para a Zona Norte. Tentou abrigo sob a marquise de uma pastelaria. Lá de dentro, saía um chinês de pernas finas e um dragão tatuado no braço largo, tinha um metro e noventa e três, cabelos loiros e uma toalha seca.

O levante dos deuses famosos

No panteão dos que existem só na Terra, os deuses trabalhavam cada um com as suas demandas. Quase todo dia era sempre igual. Pedidos, agradecimentos, oferta de alimento, tempo, dinheiro... Hoje, não é mais como quase todo dia.

– Esse pessoal não dá um dia de folga! – disse Buda.

– Buda, deixe de pantim. Tá berrando de bucho cheio! – reclamou Jesus, um dos que tinham o maior serviço.

– Relaxa, pessoal. Uma hora o sossego vem – tranquilizou Hermes.

– Vamos manter o foco na permanência, galera! – recomendou Oxalá.

O fato é que Jesus e Alá trabalhavam vinte e quatro horas por dia enquanto tinha deus à toa. Era pedido o tempo todo. Ibisu trabalhava pouquíssimo e ainda tinha metade do dia para descansar sem precisar ouvir ninguém. Estava um clima de injustiça e desunião. Tinha deus querendo sair da galáxia para ter um pouco mais de paz, mesmo sem saber se existia outro planeta com rezantes.

Jesus já estava de saco cheio. Dentro da sua própria galera no mundo tinha desentendimento. Ele era onipresente, mas isso não quer dizer incansável, né? Era melhor no tempo em que rezavam para os seus santos, agora boa parte dos problemas vai direto nos seus olhos, ouvidos e até no nariz.

Brahma e seu pessoal também estavam impacientes com o tanto de trabalho concentrado para uns. E outra, tinha deus ali que não ganhava nada... pelo menos não ganhava dinheiro, ouro. Tinha deus alimentado por vela e gratidão trabalhando mais que deuses da fortuna. Como um mundo será menos mesquinho se nem a comunidade dos seus deuses é igualitária?

Aurá Masda, um deus bem antigo que ainda vive, não via serviço pesado há pelo menos três mil anos. Teve mais sorte do que os deuses que morreram por falta de lembranças ou rezas. – É claro que vamos mandar pra cima dele! – disse Javé, que era olhado com desdém pelo seu filho. A maioria concordou. Bolaram um plano e começaram a colocá-lo em prática.

Ao contrário do que dizem, deuses não podem mandar dilúvios, guerras, fogo do céu. Deuses precisam tralhar com as ideias, sabe? Não dá para ser pela coerção, não. Nas mentes dos mais fiéis, conseguiam entrar em sonhos, plantar quem questionasse sua fé no dia a dia... conseguiram até convencer, não só pela persuasão, quem pudesse difundir a verdade sobre a vida e a espiritualidade, o verdadeiro deus: Aurá Masda.

Para os que não são deuses, passaram-se muitos anos de envelhecimento e morte, mas para os que eram quase imortais, o tempo não lhes dava a delícia do envelhecimento e da inexistência. Enfim, no entanto e felizmente, Aurá Masda era obrigado a trabalhar pseudoinfinitamente mais do que costumava nos últimos milênios.

Jesus e Alá, que sempre sentiram o constante aumento de serviço, nem sabiam o que fazer com o tempo que agora eles conheceram. Por mais que, no princípio, a gente ache que só precisa viver se tiver trabalho, os deuses estão entendendo que têm direito ao lazer, ao ócio e à própria contribuição à humanidade. Quanto ao Aurá Masda, ele tá trabalhando mais do que houvera trabalhado desde que foi inventado, mas nada ao tamanho do que os líderes do levante já trabalharam um dia.

O cheque em branco

Eu estava na fila do banco. Faltavam algumas pessoas para serem atendidas. Eu tremia. Estava com um cheque em branco do meu pai. Eu tremia. Aquilo era, de certa forma, errado, mas eu precisava pegar todo o dinheiro da conta corrente... raspar o tacho. Iria preencher ali na hora o valor todo. Eu tremia, temia, mas me continha... não iria deixar um centavo no banco.

Tinha dezesseis anos. Morava numa cidade pequena do interior. Todos me conheciam, sabiam que eu era responsável. Desde que meu pai tinha ficado doente, eu quem fazia todo serviço burocrático da casa. Ia no banco trocar os cheques, fazia as contas do mês, calculava o quanto tinha na dispensa e o que compensava mais comprar para a feira.

Meu pai já estava muito doente e eu aprendi a falsificar sua assinatura. Ninguém percebeu. Eu ia ao banco todo mês pegar o dinheiro necessário para pagar as contas de casa. Mas naquele dia era diferente... eu iria pegar todo dinheiro da conta corrente, não iria deixar um centavo furado para contar história. Eu já estava cansado daquilo tudo!

A minha vez já estava chegando. Tinha umas três pessoas na milha frente na fila. Eu suava. Já sabia exatamente o que iria fazer com o dinheiro, já estava tudo planejado. Entreguei o cheque um pouco nervoso, mas contido. No caixa, a atendente me dava alguns cruzados novos; parado no semáforo em frente ao banco, o carro da funerária convidava os moradores da cidade para o enterro do meu pai ao som de Ave Maria de Gounod.

Palavrão e Boca Suja – novo sucesso

Depois que Mirosrio e Durvalindo ganharam bastante dinheiro tocando nos bares mais famigerados de Goiás, eles passaram um tempo sumidos das apresentações... A senhora Francisca Joana adoeceu e eles tiveram que tomar conta do negócio da família, até que Mirosrio se casou com uma das funcionárias da sua mãe, que se aposentou da cama e foi gerenciar o cabaré mais conhecido da região para que o seu marido e o seu cunhado pudessem voltar ao show business da baixaria.

Rosa Maria, mais conhecida como Vanessinha Teco-teco, tinha punhos de ferro e lábios de veludo. Havia jurado ao marido que não faria mais programa, discurso que usou para conquistá-lo, dizendo que era moça direita, mas teve que cair na vida para não morrer de fome. Pensando nela, Mirosrio escreveu a letra da canção que posteriormente Durvalindo colocaria a melodia. A canção se chamava *Meu filho não será filho da puta.*

Eu fui filho de mãe puta,
A boca que chupava todo mundo
Tentava me ensinar a rezar.
Querida por todos os homens, ela sabia me amar.

E então conheci uma morena

Da pele branca com o xota rosa.
Ela só era virgem da orelha
Nas suas tetas, abrigava pirocas.

Sua buceta era quase limpa,
E melhorou quando só foi de mim...
E eu perguntava quantos tinham metido,
Ela dizia, com um sorriso assim:

Perdi as contas dos caralhos grandes
Que já levei na xota e no cu.
Mas quem me lambe e me come melhor
É você, meu puto, é o seu piru.

Ela era puta, ela era quenga, sim senhor
Qual o problema? Tudo muda com amor
Você meu filho, que no futuro me escuta
Respeite pai e mãe, você não é filho da puta

Com este novo sucesso, Palavrão e Boca Suja voltaram ao cenário do sertanejo putaneiro da região. Venderam tantos discos que ganharam disco de prata. Eles, agora, estão começando a sair do centro-oeste e fazem apresentações no Rio de Janeiro, em Minas Gerais, no Maranhão, no Paraná... em todos os quatro cantos do país, seja pobre ou seja rico, você encontra sempre umas das músicas de Palavrão e Boca Suja nos cabarés de luxo e nas casas de drinks da região.

Enquanto eles tocam pelo Brasil, Vanessinha abre as portas do Cabaré Rola Rouge para inúmeros visitantes que pretendem que *Meu filho não será filho da puta* seja apenas uma música bonita, e não uma realidade para o pobre, mas agora homem rico, Mirosrio.

O único que presta

Era um sujeito trabalhador. Tinha alguns luxos, tinha um videogame legal, saía os primeiros fins de semana do mês. Sua família tinha comprado uma casa por um programa de financiamento federal e um carro com IPI reduzido. Comia churrasco direto naquela época, e teve uma adolescência muito diferente da sua infância e completamente diferente da vida dos pais, que chegaram a passar fome um dia.

Aos vinte e um anos, conseguiu uma bolsa parcial numa universidade particular bacana. Seria professor no futuro... era o que sua nota do Enem garantiria. Estudaria à noite para conciliar com seu trabalho no escritório do padrinho. Era agente administrativo, como constava na carteira. Uma profissão de que não se orgulhava, o motivo não se sabe.

Gostava de conversar sobre vários assuntos, embora dominasse muito pouco. Na faculdade, conseguia as notas maiores quando fazia provas e trabalhos em grupo. Pouco estudava, dizia que a instituição era fraca, que iria entrar na Federal no ano seguinte. Não entrou. Mas iria entrar no ano seguinte. Não entrou de novo.

Terminou o curso. Colou grau. Muitas fotos com um terno que nunca iria usar na profissão. Participou da formatura e levou o whisky mais caro. Não tinha muitos amigos na sala, mas se divertiu mesmo assim. Conseguiu um emprego na escola dos filhos do padrinho. Ele iria ganhar mais e se sentiria mais importante do que como office boy, como não constava na carteira. Enfim, ele estava vencendo na vida por seus próprios méritos. Isso era só o começo.

Como era unha e carne do padrinho, convivia muito com a alta classe média... se identificava com aquele povo, aspirava chegar lá um dia. Era contra o assistencialismo do governo. À época, apoiou cortes no Fies, achava um absurdo emprestar dinheiro a baixos juros. Era a favor da redução da maioridade penal e fortemente contra a descriminalização da maconha e do aborto. Hoje ele está lá na escola ainda. Não passou no concurso da prefeitura e saiu dizendo que não acreditava mesmo no serviço público. Iria continuar ensinando matemática para gente inteligente.

Agora à noite ele está num esquenta num posto de gasolina. É o motorista da rodada porque é o que dirige melhor alto, diz. Vai participar de um estupro coletivo com sua galera top, ser processado, absolvido com ajuda do escritório em que trabalhava e continuará sendo o professor mais idolatrado da escola burguesa em que trabalha, o único que presta, ao contrário dos outros que são todos comunistas.

A primeira vez

Num belo dia de sol e chuva, que minha avó sempre dizia ser casamento de viúva, ela apareceu na minha vida. E do nada me vi perdido de amores, como alguém que pega o ônibus errado e vai parar na Zona Norte, muito longe da Ponte Nova, e com os créditos contados no cartão para durar o mês todo, fica preocupado em achar logo o ponto para aproveitar a integração. Me perdi quando encontrei a paixão por Shirley.

Imediatamente, mas após pensar duas vezes, me aproximei reunindo a coragem que não desperdiçara durante minha vida solitária e, redundantemente, sem companhia. Num jorro de insensatez, me declarei tentando conter, em vão, o nervosismo. Como resposta ela correspondeu que também estava reparando em minha pessoa, mas não disse o motivo ou o que lhe atraia, se é que eu lhe atraia – sexualmente falando.

Eu era virgem, tinha vinte e cinco anos e uma vida certinha, o que quer dizer que eu vivia com meus pais e minha irmã, estudava e nas horas de lazer assistia filmes pornôs e lia hentai na tentativa de aprender, pelos diálogos, alguns macetes para quando eu finalmente pudesse estar com uma mulher – sexualmente falando.

Mas não pense que eu só pensava em sexo, não! Eu queria mesmo era encontrar alguém para chamar de meu, visse? Ficava olhando minha irmã se trancar no quarto com um namorado diferente a cada sábado e imaginando o carinho que ela estava recebendo. E para conseguir alguma lábia, passava o dia ouvindo canções sertanejas e assistindo a comédias românticas em que nerds e marginais conquistavam a garota mais popular, bonita e rica do colégio, bairro ou empresa.

O pior é que, quando fui falar com Shirley, eu não lembrava de nada, nenhum trecho, nenhum refrão ou fala de uma cena importante. Eu só tentava controlar meu nervosismo, meu entusiasmo ao mesmo tempo em que me perguntava por que não ficava excitado com aquele decote, com a transparência daquele vestido claro, com aquela pele branca e provavelmente macia como devem ser a de todas as ninfetas de dezenove anos.

Felizmente, não precisei recorrer a recursos que tinham tudo para dar errado. Graças a uma força maior, ela se interessou em mim, e enquanto eu pensava no que pensar para falar, me surpreendi com o segundo beijo da minha vida – o primeiro foi com uma veterana no primeiro semestre da faculdade. Quando soube que eu era... inexperiente... me abordou de trás de uma mangueira no setor III e quis me levar para um motel, fiquei com medo e recusei.

O beijo de Shirley foi gostoso, na verdade eu até posso considerá-lo o primeiro. Propôs irmos para sua casa, ela morava com a mãe, mas ela deveria, a essa hora, estar no salão ajeitando o cabelo para ficar mais bonita para o namorado, um militar da reserva, e então poderíamos ficar mais à vontade, e desta vez eu não poderia recusar.

Chegamos ao apartamento, ela, de instante em instante, ia me beijando, me abraçando, e eu, a cada momento, ficando mais nervoso. Assim que chegamos em seu quarto, ela pediu para eu esperar de olhos fechados enquanto ela se preparava, e posso lhe dizer que, mesmo se ela não me pedisse, eu fecharia meus olhos para agradecer aos deuses Pitágoras e Euclides por estar tendo aquele momento, e pedindo a mim mesmo para ficar menos nervoso e mais... preparado.

Eu sempre andava com uma camisinha na carteira, mas lembrei que fazia anos que não trocava, já devia estar vencida. – Pare de se preocupar com tudo, Leandro, ela sabe o que faz... não deve andar por aí transando sem camisinha! – dizia para mim mesmo. E ao refletir no que tinha dito, eu pensava se ela era virgem, mas não poderia ser, mas se fosse, será que seria melhor para mim? Será que seria melhor ter ouvido meus amigos e ter procurado o conforto dos cabarés da cidade para me mostrar o que a vida tem de bom?...

Aquela deusa chegou, mandou eu abrir os olhos e vê-la. Vi uma bela jovem mulher enrolada numa toalha e ameaçando tirá-la aos poucos na minha frente. Meu coração palpitava, quase saía pelos orifícios mais sombrios enquanto eu tentava controlar minha respiração, o que era difícil, muito difícil.

Desde meus doze anos, eu idealizava o momento em que eu iria pela primeira vez tocar numa mulher, na primeira vez em que minha boca iria provar o gosto de pelo menos um seio, de como meu sexo iria encontrar outro sexo e me levar ao céu me fazendo perder a inocência e o ar de menino, mas naquele momento eu só queria guardar todos os detalhes para recorrer às imagens quando chegasse em casa e me encontrasse nos lençóis antes do sono chegar.

Shirley tirou a toalha. Ela estava nua na minha frente, tinha uma mulher nua na minha frente e eu não sabia o que fazer! Notando minha falta de jeito, a mulher mais linda do mundo naquele momento para mim veio em minha direção me beijando a boca enquanto acariciava minha nuca com as mãos que mais tarde desceriam um pouco mais e tocariam um local onde só eu e o médico que me operou a fimose tocamos.

Quase morri. Minha ansiedade era tanta que acho que o meu sistema nervoso passou a bombear sangue apenas para suprir os pulmões, o que, consequentemente, deixava outras partes que eu precisava mais naquele momento desprovidas de energia. Ela notou isso e tirou minha camisa me jogando contra a sua cama macia, ao chegar com os lábios perto do umbigo, me tirou o cinto, baixou minhas calças junto com a cueca e fez o que só achava que uma atriz pornô tinha a coragem de fazer, chupar um pau.

Eu pensaria duas vezes antes de beijá-la, ou pelo menos ficaria pensando onde ela andou botando a boca, ou melhor, no que ela andou botando na boca durante seus quase vinte anos de vida. Talvez por esses meus pensamentos nada convenientes, eu tenha me ajudado a não ficar ereto, o que ela pareceu julgar normal, já que estava na minha cara que eu nunca tinha recebido um presente daqueles.

Quinze minutos e nada. A garota acabou cansando de revirar em sua boca um chumaço de couro que não acabaria lhe dando prazer algum e foi, como se nada tivesse acontecido, subindo em direção à minha face e me dando um beijo na testa. Ela se vestiu com um pijama que estava na cabeceira de sua cama e me convidou para tomar um café. Acabou que não tinha pó na casa dela, e fomos para uma cafeteria perto do seu prédio, mas o telefone dela tocou e ela foi embora sem mesmo me dar um beijo, mas me consolei quando cheguei em casa, e passei a madrugada tentando tirar manchas do meu lençol para a minha mãe não ficar me fazendo perguntas de novo.

A Camisa Suja

Vera se assustou quando eu entrei em casa com a camisa suja de sangue e do lado do avesso. Ela era espantada com tudo.

– Clemeeente! Clemente! Clemente, o que é isso aí na sua camisa? – meio histérica ela me perguntou.

– É apenas uma camisa do lado do avesso e suja de sangue – sinceramente eu respondi.

– Muléstia! Eu sei o que é isso! Quero saber por que sua camisa está assim, desse jeito, parece que saiu do cu de uma vaca com diarreia que comeu beterraba até dizer chega.

– Que isso, mulher? – disse querendo parecer santo e desconversando. – Não precisa ser assim tão cheia de imundices... eu já te conto tudo o que aconteceu, mas primeiro me deixe tomar um banho, tá meu docinho?

– Cê num vai mover um centímetro até me contar o que está acontecendo. Você andou deflorando um batalhão de meninas fedorentas, num foi isso?

– Que história, Vera? Largue desse seu jeito de dedutora, parece até a vizinha da rua debaixo.

– Conta agora... anda! Você não bebeu! Aconteceu alguma coisa então.

– Tá bom... Tá bom... Vou contar.

– Cuida!

– Foi o seguinte... eu vinha caminhando em direção ao ponto de ônibus, certo? Tavam comigo o Carlos Alberto, o Matias e o Julião, filho de Inês da padaria. O ônibus demorou muito. Eu queria fazer uma surpresa pra você chegando mais cedo, já que a gente foi dispensado logo depois do almoço. A gente desconfia que o chefe tava querendo comer a Dona Magali, a secretária, mas ele disse a gente que ia fazer uma dedetização, poderíamos ir e só voltar dali a três dias.

– Hum...

– No ponto de ônibus, Matias deu a ideia de irmos de taxi, cada um pagaria no fim das contas quase a mesma coisa da passagem. Então chamamos um taxi. Cinco minutos após termos ligado pro caba, o táxi chegou. Carlos Alberto, como você mesma sabe, é muito metido a gente importante... acabou indo na frente. Atrás fui eu, Matias e Julião. Tudo estava tranquilo, a gente tava ouvindo a rádio que toca só aquelas músicas antigas, aquelas do tempo em que a gente nem pensava em sacanagem quando namorava, lembra?

– Avia!

– Mais ou menos uns quinhentos metros depois do sinal da Avenida da Pastelaria São Severino das Orquídeas Verdes, vimos uma briga de mulheres. Elas puxavam os cabelos uma da outra, as duas tavam com as camisas rasgadas. Não havia ninguém por perto. Conclusão: paramos o carro, pois Julião queria que a gente apartasse a briga ou logo as duas acabariam ficando nuas. O motorista do taxi e Matias bem que queriam ver elas nuas, mas elas nem eram tão bonitas assim, na verdade uma era magra feito a Olívia Palito e outra era mais gorda que a sua mãe.

– Tá, mas e aí, o que aconteceu? Vocês apartaram a briga? – Vera era meio fofoqueira, na verdade se dizia interessada em assuntos novos, dizia que era bom a gente saber das coisas que aconteciam no mundo, mas principalmente, na rua onde a gente mora. Ah! Essa é minha Verinha. Por um instante achei que ela tinha esquecido da camisa pelo avesso e suja de sangue, mas ela logo continuou. – Me diga logo como sua camisa foi ficar nesse estado, cuida que tenho mais o que fazer!

– As mulheres estavam no auge da briga, quando percebemos qual foi o motivo: elas estavam lutando por causa de uma galinha... É! Uma simples galinha de terreiro. Uma dizia: – "É minha... eu a crio desde que era um pinto..." – "Vá se fuder!" – dizia a outra. – O motorista do táxi teve uma ideia que não socializou com a gente, ele pegou a galinha e disse: – Acabou a briga. A galinha agora é minha! – E seguiu em direção ao táxi com a galinha por baixo do sovaco.

– E as mulheres? O que elas fizeram? – perguntou Vera, mais curiosa do que eu quando fomos saber se nosso filho era homem ou mulher.

– Escuta a resenha! Elas se uniram e correram atrás da gente. A gente nem tinha culpa, mas as loucas vieram com cabos de vassouras e deram pra valer na gente.

– E vocês? Fizeram o quê? Nada, né? Um bando de frouxo! – o pior que ela tinha razão quando dizia isso.

– Nada, mulher! O taxista não queria entregar a galinha, e como a gente já tava puto pelas porradas levadas à toa, entramos de vez na briga... Ficamos jogando a galinha de um para o outro, e quando, acho que pela quinta ou sexta vez que eu segurava a galinha, as mulheres, que pareciam dois mil demônios ao pé da cruz, voaram pra cima de mim. A magrinha me bateu com um pedaço de cama, acho que um pé de cama, daquelas madeiras boas, como vende o João dos Móveis. Caí no chão sem saber se continuava dando gargalhadas ou partiria para a agressividade. Tentei passar a galinha para o Matias, mas não deu tempo, a gorda pulou em cima de mim esmagando a franga contra meu peito...

– Vixe! As mulheres devem ter ficado doidas, né? – ela fazia um movimento de sobe e desce com a mão, tipo o Chaves, enquanto dizia isso, isso, isso...

– E como! – eu arregalava os olhos pra dar mais emoção. – Mas no final a gente fez uma vaquinha e deu um dinheiro praquelas duas selvagens, que ficaram até felizes. Lembro que a mais gorda disse: – "Vamu comprá galinha na fêra, é mais baratu". – Acabamos por não pagar a corrida de táxi, já que o motorista, que aceitou nossos argumentos, era quem tinha nos envolvido naquele barraco.

– Tá certo, Clemente. Agora vá tomar um baínho. E se esfregue bem, viu?

– Tá certo, minha vida.

– Sim! E por que a camisa está do lado errado? Você não disse essa parte da história.

– Depois eu falo, amor. Não estou aguentando o cheiro de galinha jazida.

***

Passei duas horas no banho pra Vera esquecer esse negócio de camisa do avesso. Quando saí, ela nem perguntou.

É de lei

Estudar desde cedo em escola bilingue; viajar durante o recesso; ir à casa de praia da família no verão; faltar aulas para passear em Nova Iorque, Miami, Disney e São Paulo; pedir arredondamento de nota; ser o palhaço da turma; arrochar várias doidinhas no Carnatal; ter o Iphone mais moderno; tomar muito suplemento e peidar podre sem cerimônia; dirigir antes dos dezoito o seu próprio carro zero de aniversário; humilhar o faxineiro; beber, fumar, cheirar; fazer um perfil falso para promover o cyberbullying; organizar megafestas; abusar de meninas bêbadas; não ler porque cansa; fazer Enem e não entrar na Federal; falar mal do governo comunista; espalhar adesivos pró-redução da maioridade penal; passar chifre; trabalhar na empresa da família; passar vexame bêbado e achar que é bonito; chegar forte na pelada e quebrar dois colegas durante um torneio; sonegar imposto; subornar PM; dizer que vai morar em Miami; esquecer de pagar a empregada; tacar garrafa de cerveja pela janela enquanto dirige; sair na coluna social do jornal; ser DJ de aniversário; trocar a namorada que aguentou, calada, sua violência pela irmã do deputado; curtir vaquejada; passar o carnaval na Bahia; passar o carnaval no Rio de Janeiro; desconhecer o caminho da pia; ser Secretário de Estado; viver na academia; participar de protestos contra o PT; apoiar Lula preso; apoiar Bolsonaro presidente; ser contra vacina; ser contra urna eletrônica; aplicar na bolsa através de aplicativo; se candidatar a deputado; ser um deputado que caga para o povo; eleito pela urna eletrônica. É de lei

Pastor 05 – Cloroquina e Deus

As igrejas abriram, mesmo com a pandemia. E o pastor não demorou para convocar os irmãos. Mandou avisar que seria expulso quem não fosse ao primeiro culto depois do decreto.

– Irmãos, graças a Deus, a governadora satanista derrubou o decreto que impedia a obra do senhor de continuar, Amém?

– Amém! – respondeu a igreja e couro.

– Irmãos, podem retirar a máscara. Tenho aqui comigo um remédio abençoado para acabar com esse vírus chinês, Amém?

Todos os seis fiéis que ainda se protegiam retiraram a máscara, menos o irmão desconfiado.

– Irmão, não queira questionar os mistério de Deus. Venha aqui na frente, irmão. Venha aqui! – assim que o irmão chegou, o pastor colocou a mão em sua cabeça. – Me diga, abençoado, por que você ainda está com essa máscara?

– Porque o vírus ainda está circulando, pastor. Acho melhor mantê-la.

– Em o nome de Jesus, pode me entregar a máscara, Amém.

– Pastor, o senhor me perdoe, mas eu acho melhor ficar com ela.

– Irmão, você está desafiando a ordem de Deus? Entregue a máscara e deixe de ouvir a voz do Pai das trevas.

– Mas pastor, o senhor mesmo vendeu esta máscara abençoada pra gente dizendo que ela ia nos proteger.

– Então!... Protegeu!!! Você não pegou o vírus. Igreja, vamos glorificar o nome do Senhor Jesus, Amém?

– Amém! Aleluia! Glória a Deus!

– Ah, irmão. Olha como a igreja toda acredita no poder de Deus e você não... Além disso, aqui na igreja temos Cloroquina, santo remédio. Eu peço apenas uma contribuição de cem reais para ajudar com as despesas da obra de Deus. Amém?

– Amém!

– Mas pastor...

– Irmão... Vai me dizer que além de não acreditar em Deus você não acredita na ciência dos homens de Deus também?

– Tá amarrado! – disseram duas ou três fiéis.

– Não é bem isso, pastor. Cloroquina é um medicamente para malária, que é causada por um parasita. Covid-19, como todos sabem, é causado pelo Corona vírus. Então, eu...

– Ah, irmão. Você deve estar sofrendo a influência do 5G dos comunistas. Todo mundo, até o presidente, está tomando. Todo mundo pode tomar pra não pegar a doença.

– Mas, pastor. Não há comprovação científica nenhuma de que o medicamento funcione, inclusive há casos de mortes relacionadas ao mal uso da substância.

Enquanto alguns fiéis cochichavam, o pastor tirou a máscara do irmão e colocou as duas mãos em sua cabeça. Falando tanto quanto cuspia, pediu que os irmãos fizessem um círculo em volta do Irmão. Todos colocaram as mãos em sua cabeça ou nos ombros de quem estava a sua frente. Oraram terrivelmente para que o diabo saísse do corpo do jovem rapaz.

– Abra a boca, Irmão, em nome de Jesus.

Assustado com tudo aquilo, o Irmão abriu a boca. O pastor pegou dois comprimidos do medicamento e socou na goela do rapaz.

– Engula, vamos!... Isso. Amém, igreja! Nosso irmão agora está curado. Cada um de vocês tem que tomar dois comprimidos por dia. Recebam, após a oferta, uma caixa do remédio com a pastora Graça, minha esposa. Levem duas. Parcelamos no cartão pra quem precisar.

Assustado o rapaz procurou sua máscara para ir embora.

– Você não precisa mais de máscara, irmão. Vá e ande em nome de Jesus, Amém?

– Amém. Vou embora então.

– Já deixou sua oferta com a pastora Graça?

– Não, pastor. Não vou levar o medicamento.

– Vai sim, já até tomou a dose de hoje. Acerte com ela, Amém? Que Deus te abençoe!

É medicina. É federal!

Cara de médica, família de médica. Sonhava desde menina em ser médica. Era uma aluna semiexemplar... tirava boas notas, mas não mostrava muita humanidade. Ela era aquela menina que questiona o professor como um arguidor de banca de pós-graduação, só que sem saber de quase nada. Ao ter o questionamento sempre respondido e contradito, não concordava. Tinha lido em algum lugar que era diferente... O pai, que era médico, disse que tal conceito de biologia era diferente... A mãe, também médica, disse que tal concepção de linguagem era diferente... A irmã, estudante do último período de medicina, disse que o cálculo do problema de matemática era diferente. Estava tudo errado e não tinha argumentos para sustentar sua indiferença.

Médica, sim. Ela seria médica em breve. Claro que passaria no vestibular, mesmo com as cotas injustas que diminuem as chances dos filhos de quem trabalhou a vida inteira para pagar uma boa escola particular. Nicole acreditava em meritocracia. Achava que, ao estar naquela escola de ponta paga pelos seus pais que herdaram a profissão elitista dos seus avós, tinha as mesmas oportunidades de um aluno de escola pública. Não, mentira. Ela não tinha as mesmas oportunidades, na verdade, ela era prejudicada pelas malditas cotas. Malditas cotas! Uma discriminação com quem é negro, porque está dizendo que o negro não tem a mesma capacidade de alguém branco, loiro, de olhos claros e família de médicos.

Nunca maltratou os funcionários terceirizados da escola... mas nunca cumprimentou o porteiro ou o faxineiro. Na verdade, nunca reparou nos faxineiros. Mesmo dispensando uma educação falsa e, por várias vezes, falha aos professores e demais membros da equipe pedagógica, Nicole era a esperança da escola. Teremos, certamente, uma aluna aprovada em medicina este ano e garantir os mesmos resultados dos anos anteriores. Essa menina vai estampar nossos outdoors e fazer campanha com curativos coloridos no nosso site. Vamos ter muitos alunos... Inclusive, ela é boa candidata para tirar nota mil na redação.

Mediana. Não foi a primeira colocada. Se não fossem os cotistas, teria até ficado numa posição melhor no SISU. Não importa. O que importa é que Nicole é Federal. Já é médica. Nas suas redes sociais, médica em formação era o que mais se via... mesmo antes da matrícula na UFRN, afinal, ela já estava se preparando há anos para entrar na Universidade. Após a festa, regada a muita carne de primeira e a whisky 18 anos, Nicole iria para Miami comprar as suas roupas para começar a faculdade. Trouxe várias sandálias e sapatos brancos, bolsas de marca, roupas de grife... mas o principal era o jaleco. Desde pequena, já tirava fotos com jaleco.

Era muito trabalho. Estudar medicina não é fácil para ninguém. Estudar medicina e ter uma vida social badalada é mais difícil ainda. Fora as calouradas, era preciso continuar frequentando as festas disputadas do seu nicho social. Mas ela era guerreira. Ao contrário dos cotistas, ela tinha mais inteligência para conciliar os estudos às demais atividades. Ganhou um carro antes da viagem à Miami. Um carro importado, claro, quem é que dirige carro popular na faculdade de medicina? Só quem entrou pela cota. Como aquele carinha que era farmacêutico e aproveitou a cota por ser negro. Nada a ver. Ele já tinha até carro, tinha uma profissão. Como alguém se submete a um programa que te reconhece como alguém inferior?

Passaram os primeiros semestres. Começaram os estágios. Não sei por que tem que estagiar em hospital público também... era mais fácil eu ficar no hospital da minha família, é lá que eu vou trabalhar! E a especialidade? Está chegando o final do curso. Nicole não quer cuidar de criança, detesta crianças. Detesta velho também, Deus a livre de ser geriatra. Com cardiologia também não queria mexer, só iria cuidar de velho, gordo e velho gordo. Não era muito chegada a sangue... não queria fazer cirurgia. De problemas de pele, ela também se esquivava... tem cada gente perebenta, não! Anestesiologia parecia ser uma área legal. Ninguém era anestesista na família. Dava grana e, em tese, era só dar injeção.

Assim que formada, se tornaria a anestesista chefe do hospital. O anestesista que ocupava este posto foi convidado a cuidar dos residentes. Só faria supervisão e, de quanto em vez, iria para a sala de cirurgia. A nova médica da família agora tinha um jaleco de médico. Tinha uma sala de médico. Trabalhava no ramo médico de sua família. E continuava sem enxergar o faxineiro, nem dar bom dia ao porteiro e desconfiando sempre de alguém que fala diferente daquilo que os seus familiares e amigos médicos falam. Médico sabe mais que todo mundo, menos se o médico tiver entrado pela cota.

A Menina Que Gostava de Futebol

Era década de 1960, não ficava bem para uma menina brincar de bola, mas Cláudia gostava de futebol, e muito.

Cláudia, que tinha cinco anos na época destes acontecimentos, usava um corte de cabelo curto, estilo Joãozinho, pois sua mãe, além de não ter condições de tratar dos seus cabelos, achava que ter os cabelos curtos ajudava a espantar o calor. Aproveitando-se da situação em que se encontravam os seus cabelos, Cláudia dizia aos meninos da rua de trás que seu nome era Cláudio, assim ninguém implicaria com o fato dela ser menina e a deixariam entrar no time sem problemas.

Cláudia, ou melhor, Cláudio jogava muito bem, inclusive melhor do que Caetano, que até então era considerado o maior jogador de futebol do bairro. Cláudia não tinha medo de bolada, carrinho ou esbarrão, ela jogava melhor que menino, era astuta, habilidosa e marrenta, quando necessário. Além de futebol, Cláudia gostava de bola-de-gude, carrinho de rolimã... Seus irmãos a chamavam de moleque-macho, o que fazia com que ela se enfurecesse e partisse para cima deles para agredi-los a socos e pontas-pé.

Cláudia era uma boa menina, mesmo sem muitas vezes ter ao menos um punhado de pão na barriga, ela se esforçava para estudar, quase sempre com fome. Certo dia ela sentiu fortes dores no estômago em plena aula de matemática. Sua professora, que mesmo parecendo desumana tinha sentimentos, e ao perceber seu rosto pálido e com aparência sofrida, como a de alguém que deixa o cachorro escapar em dias de grande movimento de veículos na rua, decidiu levá-la à diretoria. Chegando à sala da diretora foi constatado que o que ela sentia era fome, pois não comera nada antes de sair de casa. Era normal Cláudia sair sem tomar café da manhã, porém, na noite anterior, a menina não tinha jantado. A diretora mandou que comprassem um pacote de biscoitos para a pobre, o que a deixou explicavelmente feliz, porém Cláudia não comeu nem metade do pacote, ela sabia que seus irmãos pequenos também estavam sentindo fome em casa, e decidiu levar o que sobrara para os que hoje quase a humilham.

Mas voltando a parte do futebol... Certo dia os meninos foram procurar por Cláudio em sua casa, ao chamar pelo craque do time, uma de suas irmãs mais velhas disse que lá não morava nenhum Cláudio... Nisso aparece Cláudia, logo quando ela tinha acabado de pôr o vestido que sua avó, Judite, trouxera. Era um vestidinho florido amarelo que pertencia a uma vizinha sua, que cresceu fazendo com que o vestido encolhesse. O vestido usado, mas conservado, fazia com que Cláudia ficasse tão mais bonitinha, tão cara de domingo. Os meninos do futebol não acreditaram... como uma garota havia os enganado tanto e, pior, como uma menina jogava tão bem um esporte tão masculino? Eles se decepcionaram consigo mesmos, além de se surpreenderem.

É claro que depois de três ou quatro dias os meninos da foram chamar Cláudia para jogar bola. No fundo superficial de seus jovens conscientes, eles perceberam que sem o craque do time, Cláudio, ou melhor, Cláudia, sempre perderiam para o time da rua debaixo, que na verdade ficava três quarteirões ao norte.

Muitos diziam que Cláudia iria virar sapatão, que ela nunca se casaria... só porque ela gostava de brincar as mesmas brincadeiras dos meninos. Anos depois ela se casou e teve três filhos. Nunca quis saber de mulher. Boba.

Jacobice

Minha mãe tá enchendo meu saco. Quer que eu saia de casa pra o enterro da minha bisavó. Não é nem pela velha, que até gostava, mas o povo que vai tá lá é foda. Começando pela minha mãe e pela minha avó. Vou não, minha bisa que me perdoe, mas vou nada. Todo mundo doente, metade da família contaminada... tem dois tios internados, uma prima também, os outros todos estão passando vírus por aí, principalmente meu tio que é pastor.

Minha mãe é foda. Me expulsa de casa porque sou sapatão. Fala que sou a maior decepção da vida dela. E olha que ela pegou meu pai com minha tia na cama dela num dia que chegou cedo do trabalho. E nem quis se separar do meu pai, viu? Ficou anos sem falar com minha tia, ficou mais uns anos casada e apanhando do meu pai, que só saiu de casa quando arrumou uma mulher mais nova que ela, filha de um empresário aqui da cidade. Até gosto um pouco dela, tem um filho massa, mas que vai sofrer também, pelo jeito.

Sendo eu sapatão assumida já tava enchendo o saco da família, imagina quando começaram a ver minhas postagens a favor da vacina. Bicha, minha família é toda negacionista. Agora estão dizendo que foi a vacina que matou a bisa, mas ela tomou a segunda dose antes de junho, foi morrer agora em janeiro. Pudera, um monte de parente irresponsável aglomerando, bebendo e falando mal da vacina. Se eu fosse a bisa, eu beijaria um na boca só pra me contaminar e morrer.

Agora tu acha que vou sair de casa pra ver esse povo no velório tudo sem máscara? Minha mãe é foda mesmo, morre de vergonha de mim e tá me enchendo o saco para ir nesse enterro. Minha mãe jogou uma vez na minha cara que preferia ter uma filha bandida e maconheira do que sapatão. Mal sabe ela que não peguei covid porque passei o Natal e o Réveillon em casa fumando maconha com a namorada do meu primo, que disse pra ele que tava com covid pra não ter que ir na casa da família.

O homem do intestino invertido

– Uma vez eu conheci um homem que tinha o intestino invertido.

– É o quê, criatura?

– Sim. Ele tinha o intestino invertido. Era tudo ao contrário ali.

– Como foi isso?

– Tinha sido atacado com uma ema. Eu nem sabia que emas podiam atacar alguém... mas são como galinhas gigantes, né? Às vezes, galinhas atacam mesmo. Daí, levaram o cara para o primeiro hospital que viram, né? Foda que o médico que tinha lá não entendia de ataque de emas... e dizem, a galera toda de lá, sabe?, que ele era viciado em remédio de malária. Passou um tempo, há muito tempo, lá no Norte... na falta de tóxico começou a tomar aquilo. Era o que tinha, né? Dizem que pilava e cheirava, tu acha?

– Homi, deixe de enrolagem e conta logo essa história!

– Sim... aí o médico lá, chega tinha a boca torta de tanto remédio de malária, viu o sujeito de bucho aberto. Tava uma coisa feia, tudo sujo, tudo cagado, tudo cheio de baba de ema...

– E danado galinha baba, caboco?

– Rapaz, foi minha prima enfermeira lá que disse que tava tudo uma nojeira.

– Sim... continue...

– Aí o médico não podia costurar daquele jeito, teve que tirar tudo pra lavar.

– Lavar?

– Tu quer saber a história ou não?

– Conte!

– Apois deixe!

– Vá, caba...

– Aí o médico tirou tudo pra lavar. Mas como ele tava muito doido de droga, costurou todo ao contrário.

– Costurou ao contrário?

– Foi. Daí o sujeito agora caga pela boca. Coisa horrível... um bafo de merda da porra!

– E come por onde?

– Macho, se ele caga pela boca, tu acha que ele come por onde?

– Sério? Deixe de mentir...

– Rapaz, minha prima disse que ele tinha que tomar sopa por uma sonda no furico. Mas, depois de uns dias, já podia comer normal. Era só colocar que o cu mastigava e engolia.

– O cu mastigava?

– Ô se não... Esse caba gosta muito de comer galinha de capoeira, sabe? Aí ele come uma inteirinha. Bota numa cadeira e senta.

– O caba senta numa galinha e come com o cu?

– Tô dizendo... ainda digo mais... ele era magrinho, merminho um atleta, mas depois da operação ele tá é gordo... tá gostando mais de comer pelo boga.

– Já pensasse?

– Pior é aquilo, né? Quando mais come, mais caga. E a nem a esposa consegue mais ficar perto do caboco. Mas ele tá nem aí não... Henrique que é mais chegado me disse que ele passa mesmo o tempo é comendo... abacaxi, coalhada, manga rosa...

– Abacaxi?

– Sim... e digo mais... ele nem descasca.

Jesus Pistola – A (re)volta de cristo

Mais um ano eterno se passando e Jesus estava pistola no céu. Puto, puto. Cansava de gritar reclamando da burrice humana. Burrice de quem demorou para escrever suas palavras, burrice de quem interpreta suas palavras e a burrice ambiciosa de quem ensina suas palavras.

Era culto de Natal, seu aniversário, claro, num país de maioria cristã. Um estádio cheio em plena pandemia. Miguel, Gabriel, todo mundo lá que podia chegar perto dele não conseguiu impedir a fúria de um homem que foi conhecido por amar até seus assassinos. A situação estava demais para o Jesus, que já não era menino, suportar.

— Bora parar a palhaçada aí que eu tô puto! – disse Jesus, sem nem esperar a nuvem estacionar direito.

— Quem é você? – indagou nervoso o pastor vendo cada vez mais anjo se aproximando.

— Quem sou eu? Não é você mesmo quem passou a vida dizendo que era meu escolhido? – nada podia deixar Jesus mais estressado do que essa pergunta a essa hora.

— Jesus? Meu senhor! Veio nos arrebatar?

— Meu senhor uma porra! Arrebatar vocês? Eu quero é comer vocês na porrada!

A comunidade toda ouvia em alto e bom som o que Jesus dizia. Com sangue nos olhos e ódio no coração, ele discursava...

– Olha. Eu fico impressionado com esta nação, que é uma das mais ricas do mundo sim, mas não é a melhor! Tá todo mundo aí enfeitando árvore, botando luz piscante em casa, fazendo boneco de neve – tem gente que faz mesmo sem ter neve – e os caralho e vai dormir em paz porque ajudou com migalhas a fome de alguém! Eu falei pra vocês se amarem, pra vocês compartilharem o peixe e o pão... o que vocês fazem? Estocam vacina, fazem guerra, têm pena de morte legal e ilegal. Vocês andam todos armados e ninguém mais lê ou faz o que eu preguei. Ainda vêm dizer que são meus seguidores. Eu tô cansado!

– Meu senhor, nem todo mundo é assim!

– Quem é você com toda essa petulância pra querer saber mais do que quem é onisciente, alma sebosa?

Nesse momento, um monte já tinha desmaiado, outros choravam, outros tremiam e outros fugiam.

– Eu mandei vocês matarem em meu nome? Eu mandei vocês controlarem o livre-arbítrio das outras pessoas em meu nome? Eu mandei vocês gastarem mais com arma, foguete e carro elétrico do que ajudando os famintos, bando de escroto? Eu mandei vocês desmatarem as porras das florestas todas e acumularem riqueza, seus arrombados?

– Meu senhor Jesus, nos perdoe! O senhor tem bom coração!

– Mais um cavalo querendo me dizer o que tenho e o que não tenho – dizia com cada vez mais ódio no olhar. – Vou resolver isso com um milagre que já fiz, mas um pouco diferente. Vou fazer o milagre da multiplicação, mas das balas.

Assim que terminou a fala, dois fuzis se materializaram em suas mãos. Rindo satisfatoriamente, Jesus ativou as armas de munições mágicas que acertavam a cabeça ou os corações dos hipócritas em todo o mundo. Gente de todo lugar teve a cabeça arrebentada, o coração perfurado. Muita gente morreu. Passado algum tempo – nada pra ele, mas muita coisa pra quem tá achando que vai morrer –, Jesus fez as armas desaparecerem. Seu ódio tinha sumido também. Lavado pelo sangue dos pecadores desarrependidos.

– Caros filhos – disse falando com todo mundo do mundo... todo mundo o via também. – Eu dei a vida por vocês dois mil anos atrás, mas vocês não souberam aproveitar este presente. Neste meu mais um aniversário, quem ganha o presente sou eu. Espero que vocês, sobreviventes, aproveitem mais esta dádiva que lhes dou. Aproveitem o mundo sem fascistas pra viverem seu paraíso. Vou deixar os corpos dos hipócritas aí pra vocês lembrarem de que é amando o próximo que se ganha a vida eterna. Feliz Natal.

A velha da praça

– Puta que me pariu, lá vem essas pestes de novo! – dizia com sua voz fumante para só sua cabeça ouvir. – Todo dia essa merda agora! Esses filhos das putas estão de férias e tiram a porra do meu saco. Já não basta ter que vir nesse caralho de praça todo dia porque o médico mandou, agora tenho que dividir a merda desses equipamentos com esses arrombados?! Por que essas crianças desgraçadas não brincam mais de balanço, de escorrega, tica? Tem que vir nessa merda de academia de velho que eu tenho que vir porque sou velha nesse caralho?

Dona Cida tava lá, protegida pela máscara, mas seus olhos, mesmo treinados no cinismo de todos os anos, não conseguiam segurar o ódio das crianças na academia ao ar livre da praça perto de casa. Tinha o costume de ir durante o fim da tarde, mas a primeira semana de férias estava difícil para ela. Ela se irritava não era nem no fato de usarem os aparelhos, mas porque as crianças não tinham critério nenhum. Apenas brincavam, claro. Ela se concentrava em fazer a série direitinho, enquanto os pirralhos apenas se divertiam.

– Oi vó, como foi na praça hoje? – perguntou a neta que morava com ela.

– Foi uma merda. Não aguento mais aquelas porras daquelas crianças. Os pais não fazem nada. Ficam tudo brincando na academia dos velhos. Já não basta ser velha nessa porra e agora tem que aturar criança mimada todo dia nessa porra dessa praça.

Amanhã eu vou de manhã, que eu quero ver se seis horas vai ter um puto de um pirralho na rua.

***

– Bom dia, vó! – e deu um beijo que não foi muito retribuído pela avó na mesa do café da manhã. – Como foi na praça hoje? Gostou mais de se exercitar pela manhã?

– Ah, é pior. Puta que me pariu, vai tomar cu! Um bando de velho sem ter o que fazer empacado na porra do equipamento. Eu fazendo minhas contas lá e tendo que esperar aqueles saco murcho que não têm o que fazer mais na vida enrolando e fingindo que estão fazendo alguma coisa. Eu achei pior que criança. Eu não gosto de criança, mas odeio velho. Vou voltar a ir à tarde mesmo.

– Mas, vó, a senhora tem sessenta e oito anos. Os idosos lá eram mais velhos que a senhora?

– Ah, não, eram só velhos mesmo. Tinha gente até mais nova. Tu acredita que tinha um velho safado dando pão pros pombos que quis puxar assunto comigo?

– Foi, mãe? Conta!

– Conta, vó.

– Eu falei pra ele parar de dar comida praquelas porras de pombo. Bicho só faz cagar, não canta, fede. Já não basta ser velho e quer dar comida pra caralho de pombo? Vai tomar no cu, pra cima de mim não, chuchu!

O rolezeiro

– Bora, cara! A gente vai se atrasar.

– Calma. Tô terminando aqui.

– Que merda, velho. Parece uma mulher se arrumando... puta merda!

– Parceiro, eu tô terminando aqui.

Na festa, todas mulheres olham para ele. Estava de bermuda branca, camiseta de marca comprada no camelô do Alecrim, óculos espelhados, apesar de ser noite, e um corte de cabelo bem peculiar.

– Tá vendo, parceiro? Todas as mulheres estão me   olhando...
– Percebi.

– Quer fazer uma aposta?

– Que aposta?

– Quem pegar mais mulher aqui na festa come o cu do outro?

– Como é? Olha as ideias!

– Bora? Sabe que vai perder, né?

– É impossível você pegar mais mulher que eu aqui.

– Então bora apostar os cus!

– Tá apostado, então!

Duas horas depois, a Festa dos anos 80' terminou. O rolezeiro não pegou uma mulher sequer. O amigo, que não estava interessado em perder a aposta, mas, ao mesmo tempo, não tinha pretensões de ficar com muitas meninas, ficou com uma garota com quem trocou telefone e promessas de reencontros.

– Porra, parceiro... Não sei o que aconteceu hoje. Toda festa que eu vou as minas ficam loucas comigo.

– Mano, você tem que analisar cada situação. Tem que saber qual é o público da festa. Tava na cara que você não ia pegar ninguém vestido desse jeito.

– Foda. Agora já era, vou ter que te dar o cu.

– Relaxa, cara. Quero comer teu cu não.

– Como é?

– Não quero comer teu cu. Só apostei porque sabia que você ia perder.

– Que papo é esse, parceiro?

– Ué?

– Aposta é aposta... pode botando esse pau pra fora e comendo meu cu, parceiro!

Lyudmila

Fazia dias que Ana não dormia direito. Parecia viajar, se desdobrar para uma guerra. Ela nem gostava de ver filme de guerra, nem muito de filme ela gostava. Acordava cedo todo dia. Molhava a calçada como se a escassez de água não fosse um problema. Geralmente, caminhava até a pracinha a três quadras de casa... ficava lá uns minutos e, às vezes, levava até um pãozinho duro para os pombos. O clima andava seco no Planalto central... se comprasse o pão de manhã ele já estava duro à tarde.

Em casa, tudo era ela... fazia pequenos serviços domésticos. Não mexia mais no fogão porque suas mãos não estavam tão firmes e há dois anos ela se queimou derramando água do macarrão. Lia um pouco, rezava a Prece de Cáritas e meditava para que o Dr. Bezerra de Menezes ajudasse a curar a pandemia no mundo e, principalmente, no Brasil. Kardecista e conservadora, Ana votou contra o PT nas eleições. Ela não aguentava mais a roubalheira. Não estava gostando muito do presidente que ela elegeu, mas... Na época, seus netos tentaram avisá-la, no entanto votou como o filho, major do Exército, que se perguntava onde tinha errado para criar filhos comunistas.

Antes de dormir, nos últimos dias, rezava um Pai Nosso e pedia por bons sonhos. Conversava com seu mentor, fazia uma prece para o seu falecido marido e pedia auxílio para a pandemia mais uma vez. Talvez sonhar com guerra fosse saudades do companheiro falecido há mais de quinze anos. Ele era Coronel do exército e morreu de câncer no estômago. Ana acreditava que a doença era um carma de uma vida passada.

Naquela noite, seu mentor apareceu em sonho. Disse que ela estava perto de concluir uma importante missão na Terra, uma missão em que ela se comprometeu antes mesmo de encarnar. Desde pequena, quando começou o contato com o mestre, ela sabia que certo dia ela deveria realizar um ato humanitário de extrema importância, mas nunca lhe foi revelado quando e nem o que deveria fazer.

Ao acordar, ela agradeceu com uma prece, vestiu roupas claras e foi, naturalmente, molhar a calçada da rua depois do café. Ela não gostava da máscara, bem que o presidente disse que se respira gás carbônico por ela... mas até que Ana estava usando direitinho nos últimos tempos, estava realmente difícil. Não levou pão seco desta vez, mas caminhou um pouco pela rua até a praça. Antes de chegar ao seu banco, sentiu sua consciência quase se esvaindo... botou a culpa na máscara. Ela, agora, iria cumprir sua missão.

Quando acordou, deitada no topo de um dos prédios ministeriais, Ana não reconheceu a pessoa do seu lado... muito menos os equipamentos ali. Ela estava segurando uma arma, uma arma grande, um rifle de precisão. O homem ao seu lado tinha em suas mãos binóculos e outros apetrechos. Naquela hora, confusa, tentou se levantar, mas se assustou com o som do helicóptero.

Ana se virou e levou um tiro a queima roupa no peito. Não sentiu dor, não sentiu medo. Chegou do outro lado e lá estavam o seu amado companheiro, com roupas que nada lembravam sua patente militar, seu mestre e mentor além de uma mulher com o rosto um pouco peculiar que ela não conhecia, mas que sentia conhecer. Esta mulher a abraçou e agradeceu. "Obrigado, minha irmã. Pelas suas mãos o 310° inimigo foi abatido. Vidas serão salvas na Terra". Todos os meios de informação e desinformação do mundo se perguntavam como uma mulher de oitenta e cinco anos, sem treinamento militar algum e com certa dificuldade de movimentos conseguiu subir num prédio ministerial com armamento sofisticado e matar o presidente do Brasil com um tiro na cabeça.

Amarga Odontíase

Infelizmente, terminou a pandemia.

A gente já pode sair sem máscara. Ninguém usava mais máscara mesmo! Um bom bocado de vacina deu certo e logo a imunidade da população mundial chegou a padrões seguros. Enfim o normal voltava. O velho normal, com bar, escola, terreiro cheios. No Rio de Janeiro, as escolas de samba preparavam os carnavais, os maracatus ensaiavam em Pernambuco e o Amazonas prometia uma Festa de Boi como nunca se viu.

Mas Josefa se lamentava. Ninguém entendia direito e muito poucos desconfiavam. Para ela, infelizmente, a pandemia tinha terminado.

Com quase sessenta anos e poucos pés de galinha. Mais do que a sua melanina, a falta de sorriso contribuía para a economia de marcas de expressões no rosto. Desde a adolescência, se acostumou a pouco rir, a pouco chorar, a pouco manifestar qualquer sentimento. Na verdade, Maria Josefa tentava não alimentar nenhum sentimento... bom ou triste, alegre ou ruim, nada que sentia era manifesto... tudo guardado, embalado, escondido.

Mas durante um ano, Josefa estava visivelmente mais alegre. Seus olhos sorriam. Até mais rugas apareciam. Gente parente que nunca tinha ouvido sua risada, acostumava-se, inicialmente com certa desconfiança, a reconhecer sua gargalhada.

– É falta da igreja, disse um sobrinho ateu. – É nada, deve ter arrumado um pé de lã – retrucou o marido covarde.

– Gente, deixa ela. Ela só tá feliz – respondeu a filha mais nova que fazia faculdade.

A felicidade, porém, estava ameaçada. A pandemia tinha acabado. Todo mundo saía sem máscara e Josefa tinha que sair assim também. Sem máscara, não sorria; sem máscara, tinha vergonha, entende? Tinha vergonha.

Pastor 06 – Vacina é do Diabo!

– Irmãos, mesmo com Deus tendo mandado uma variante que quase não mata, os comunistas exigem que todos sejam vacinados. Desde o início, Deus me iluminou para que eu lhes trouxesse a verdade. Toda cura é através do Espírito Santo. O homem é falho. A Ciência é obra do Inimigo para nos tirar de perto do trono sagrado de Deus, Amém!

A igreja, em coro uníssono, responde Amém. Alguns irmãos da igreja morreram. Um deles, um senhor que ajudava na parte elétrica, morreu semana passada. Pegou gripe, covid e não tomou nenhuma dose da vacina. Foi para o hospital dizendo que, se não voltasse, era vontade de Deus. Agonizou até morrer, o coitado.

– A vacina é a marca da besta! Vocês preferem viver na Terra como um servo do Diabo ou ir para o céu sem pacto e com a alma limpa irmãos? Amém, igreja?

– Amém, pastor! – respondeu a igreja em bom tom.

Duas pessoas fungaram por conta de uma coriza, uma idosa tossiu e o baterista da banda espirrou antes do amém. No meio da igreja, após responder o Amém, o irmão levanta a mão. Já tava todo mundo de saco cheio dele fazia tempo. Certamente, ele era infiltrado ateu, infiltrado comunista, fã do Porta dos Fundos ou coisa pior. Estava demorando para ele falar de novo.

– Pastor!

– O senhor, novamente, irmão. Vai me dizer agora que o senhor tomou a vacina?

– Sim, pastor. Tomei as duas doses e já estou esperando minha vez de tomar a terceira – disse para o espanto de toda comunidade. Uma velha lá na primeira fileira gritou um "misericórdia" e puxou um "tá amarrado", "sangue de Jesus tem poder" e "cai por terra, em nome de Jesus" de uma dúzia de fiéis.

– Irmão, venha aqui na frente, sim. Vamos orar por você e tirar essa marca maligna de sua alma. Amém? – chamou o pastou impaciente. Foi confortado pelo amém da igreja, mas sabia o irmão não iria deixá-lo fazer sua oração redentora sem falar nada.

– Pastor, o senhor e sua esposa também tomaram a vacina.

– Sim, irmão. Tomamos, mas pelo bem da igreja. Além disso, nos sacrificamos porque eu e minha varoa, a pastora Graça, somos ungidos com o óleo sagrado do santo senhor Jesus. Por isso nossas almas não estão marcadas pelo pecado e nossos corpos estão imune à vacina. Amém, irmão? Amém, igreja?

– Amém. Mas o senhor não acha contraditório o senhor se vacinar e querer que a gente compre sua cloroquina para prevenir o vírus?

– Ah, irmão... Ah, irmão... Seu coração continua com inquietudes e desconfiança em Deus. Não vendemos a santa cloroquina aqui, são doação, você sabe disso! Cobramos para manter a obra do senhor funcionando. Amém, igreja?

– Amém!

– Louvado seja o nome de Jesus!

– Nosso pastor é homem de coragem!

– Glórias e glorias a Deus!

***

Chegando em casa depois do culto, enquanto colocava gelo de água de coco em seu whisky escocês e já tragando seu Cohiba, o pastor solta essa:

– Hei, gostosa, você viu lá os besta? Será que é difícil entender que eu sou contra vacina, mas não sou otário?

Parte dos textos foram previamente publicados em
http://cartasaosnativosdomundo.blogspot.com/

Made in the USA
Middletown, DE
24 May 2023

31025752R00076